アフガニスタンの風

ドリス・レッシング

加地永都子 訳

晶文社

アフガニスタンの風〔目次〕

ブックデザイン　坂川事務所
写真　富張佳子

アフガニスタンの風

アフガニスタンの勇気ある人びとへ——

I　カッサンドラーは髪をふりほどいた

アフガニスタン，カブール州内の基地で攻撃地点に向かうムジャヒディン。
(1988.3)

伝承はこう伝える。アポローンは、時間をもてあまして、地上の小さな生き物たちに目を向けた。わたしたちと同じように、運命にほんろうされる人間たちに。カッサンドラーの魅力に目をつけたアポローンはいった。「どうだい、いっしょに寝ないか。悪いようにはしない。お前に予言の力を与えてやろう」「かまわないわ」と答えたカッサンドラーは、予言の術をもらったあとで、約束を破ってしまった。アポローンは腹を立てた。そればかりか報復の念にもえた。その時代には報復は賞賛に値するものだった。「せめて一度でいいからキスしてくれ」とアポローンは請い、カッサンドラーは受け入れた。ふたりが抱擁している間にアポローンは贈り物の半分を取り返してしまった。そのため彼女は予言の力はもつものの、誰もそれを信じないようになった。いくつかの神話は、アポローンが彼女の口のなかに息を吹きこんだと伝え、またこれもとりすました話だが、「彼女をはっとさせた」と伝えるものもある。ほんとうのところはカッサンドラーの口のなかに唾をかけたらしい。まるで蛇のように。蛇にはカッサンドラーの生い立ちにまつわる因縁がある。カッサンドラーと双子の弟は、聖所での祝宴でしたたかに酔いしれた忘れっぽい両親に、置き去りにされてしまったのだ。深く恥じた母親が子どもを捜しにもどってみると、「神殿に住む神聖な蛇たちが子どもたちの耳をなめていた」。一説にはこのときからカッサンドラーは予言の力をもつようになったともいう。

トロイアの王プリアモスの娘カッサンドラーは、悲惨な戦争が近づいていることを「髪をふりほどいて」警告したが、誰ひとり耳をかさなかった。この戦争が始まるまでには、トロイアの側にさまざまな分別を欠く行為があった。美しいヘレネーにすべての責めを負わせるわけにはいかない。いずれの側の誰もかれもが、実際、まるでそうしなくてはならないかのように、この戦争を避けられないものにする行為に走ったのだ。戦争は始まるべくして始まり、何年もの間つづいた。

敵との協力といってもいいようなことはいくらでもあった。トロイアの王の娘であるカッサンドラー自身、攻撃をしかけた軍の王、アガメムノーンとの間に二子をもうけている。ヘレネーはどうかというと……そう、ヘレネーは興味ある事例だ。この話を短くした伝承、あるいは子ども向けの伝説では、受け身で、人の手から手に渡され、賭けの対象にされ、求められ、口論の種になり、何事であれ決してとがめられない女性がヘレネーだ。人形のような、あるいは清浄さに包まれてほほえむ像のような女性。ゼウスの娘であるヘレネーは人間を超越していた。神聖であったから美しかったのだろうか、それとも美しさゆえに神聖だったのだろうか。トロイア人はこぞってヘレネーに恋をしたと伝えられる。この話はいくつかの国に伝わる処女マリアに似ているように思える。だが、圧倒的美しさをもっていたと信じるほうがはるかに魅力的だ。

それにヘレネーはけっして受け身ではなかった。

ヘレネーとカッサンドラーはある本質の別の側面を反映していることが多い。カッサンドラーに用いられる形容詞ないし褒めことばのひとつは、彼女は男を引っかけるというものだ。

カッサンドラーは、アガメムノーンの所有物として、戦利品とともにミュケネーに船で連れもどされ、彼女に嫉妬したクリュタイムネーストラーによって死においやられた。カッサンドラーは自分とアガメムノーンを殺す謀があることを知っていた。「血の匂い」をかぎとったのだ。だが、血の匂いなどしなくても、愛人の妻が逆上しそうなことくらい予測できただろう。自分の愛人であり敵であり、またふたりの子どもの父親であるアガメムノーンが無残に殺された浴場に、カッサンドラーは入ろうとしなかった。しかし、その時は殺されずにすんだにしろ、心が乱れた瞬間のカッサンドラーは、髪をふりほどき聡明な予言をしたに相違ない。そして誰もそれに耳をかさなかったことは間違いない。

そして今日。わたしたちは変わったし、神々についての見方も変わった。(いつの時代でも神々についての見方はリトマス紙あるいはガイガー計数器のようなものといってよく、進化の度合い、段階をこれではかれる)。神々はもはや、復讐心にもえたり、むら気だったり、人間の運命をいたずらにもてあそんだり、でき心であれこれ美しい人間と寝たり、悪ふざけや相手が当惑するようないたずらをしたりなどしない。わたしたちが考えるとすれば、人間の愚行にうんざりして、いつになったらこの子分たちは分別をもつのだろう、はたしてそれができるのだろうか、などとくよくよ考えこんでいる神々かもしれない。「われわれの理性のほんの一部でもかれらが自分のものにしさえしたら! まったくいまこそ、かれらはわれわれの洞察、先見の明、自分がやったり考えたりすることからどんな結果が生まれるか見通す力を身につけていい時ではないか。われわれはいつだって、あれやこれやの愚かさを防ぐためにできることをやっているのだ。だが、かれらはあまりに思い上がっているので、われわれが介入していることにほとんど気がつかない。かれらの頭のなかに思想を植えつけてやっても、あさはかにも自分だけの考えだと信じこむ……そうなのだ、われわれはかれらがやらせてくれるかぎりのことはやっているのだ。そしていつだって、ほんの少数だけ、われわれに耳を傾けようとする尊敬すべき人びとがいる。われわれにふさわしい者となり、われわれの知恵を身につける人びとが。

そしてこの人たちを通して、われわれは人間の運命に少しは影響を及ぼすことができるのだ。しかし、かれらはたしかに第一のルールを学ぶべきだ。つまり、語るべきときと沈黙すべきときを知ること。問題はわれわれと同じ鑑識力をもつ連中にさえ、取り乱したり、これがすべてなどと思いこむ者があまりに多いのだ。髪をふりみだし、おおむね騒ぎたてる……われわれと会話するにふさわしい者になるという、時間もかかればうんざりもする過程など、とばしてしまいたいと考えるのだ――それどころか、〈洞察〉やら〈直観〉やらにとびつき、ぺちゃぺちゃしゃべりまくり、うぬぼれきって、適切でもなければなんの脈絡もない情報をあれこれ、間断なく伝える……聖人やら男の予言者、女の予言者、殉教者らをかたるのがこういう連中だ……」

わたしが知りたいのは、プリアモスの宮殿のカッサンドラーのほかに、誰が戦争が近いと語っていたかだ。カッサンドラーしかいなかったのだろうか。もちろんそんなことはない。少数派ながら人数が多く、かなり大きい集団があって、その人たちにとっては「カッサンドラー」の名前がてっとりばやかったのだろう。彼女は王女でありながら、心取り乱し、髪をふりほどいて「ああ、ああ!」と叫び声をあげていた。だが、家々の台所では、これまですべてを見てきた年老いた妻たちが、陰気な顔でぶつぶつとつぶやき、昔の戦争では兵士だった乞食がトロイアの城壁近くをうろついては、「この戦争はこの国に災いをもたらす!」とわめいていた(槍の傷ですこし耳が遠くなっていたからだ)。「ギリシアにもわがトロイアにも災いがくる!」と。しかし、この年老いた乞食は、哀れにも気がふれていたし、カッサンドラーはその徳をいかすにはあまりに興奮していた。

昔は、特別の予言の力をもった個人がいた。当時はどこの宮殿にも、また部落や農場にも、何人かのそうした人たちがいた。しかしいまでは、その数はかぞえきれない。この頃ではカッサンドラーは神の力を吹きこまれた女予言者でもなければ、片隅で見捨てられて泣くだけの老女でも、あるいは戦争でなにもかも失った兵士でもない。カッサンドラーはあらゆるところから起こる警告の叫びだ。とくになにが起こりそうかを知るのが役目の科学者や、どこにいても社会問題に関心をもつ人びとや、とにかく自分の考えをもつ人があげる警告の叫びだ。災いがくるとわからない人は誰ひとりいないのだから、世界じゅうがカッサンドラーになったともいえる。どのような災いであれ防げる。防げるというのはつまり、わたしたちが実際に、自分で思いこんでいるように、自分たちの運命を預かっているとすればの話だ。あるいは、わたしたちの語ることから判断すればそう思いこんでいるはずにちがいないとすればである。

世界じゅうの多雨林を破壊すべきでないことはみんな知っている。あるいはあたかも知っているように語る。山岳地帯の森林を切り倒せば水が地中に吸収されずに流去するため、貴重な表土が海に流れだし、砂漠化が進みかねないと(砂漠化はすでに数世紀、何千年にもわたって進んでいる)。大洋に有毒物質を流しこむべきではないし、放射能汚染によってこの世界に人の住めない地域をつくり出すこともすべきではない。人間は不注意で信用できない種なのだから、核兵器の製造は中止すべきだ。そもそも戦争などに行くべきじゃない。もっと賢い紛争解決の道はあるのだから。あれはすべきではない……これもすべきではない……べきでない……そしてわたしたちがこうすべき……ああすべき……すべき……。

わたしはシドニーにある岬に腰をおろし、奥地の空が、イナゴの大群とともに次第に暗くなるのを眺めていた。目の前にいるのはイナゴだと思っていた。若い頃よく見たように、水平線の向こうから一条の黒い線がどんどん高く伸び、ついに空の半分をおおい、やがて空が真っ暗になってしまうのかと。だがそうではなかった。ほこりだった。何千という農場からくる土ぼこりが、シドニーによせる風に吹き上げられ、海に流れこんでいたのだ。木が伐採されているため、何百万トンもの表土が永久に海中に沈んでいく。オーストラリアはすでに森林の三分の一を伐採した。いうまでもなく、それが砂漠化の原因となることを承知の上で。

今年(一九八五年)、わたしたちはチェルノブイリの事故と、スイスによるライン川汚染を目の当たりにした。どちらもカッサンドラーが起こると知っていたたぐいの大災害だった。たとえ専門家は知らなかったとしても。それにこうした災害は再び起こるだろう。それも一度ならず。

最近、ポール・エーリッヒ（核の冬を警告するひとり）は、わたしたち（人間）としては自らにこう問うべきだといった。「自分たちにとって害だと、おそらく取り返しがつかないことになると、誰もが知っているのに、なぜ止めようとしないのだろう。いったいわたしたちはどうなってしまったのだろう」と。もちろん、「われわれはいったいどうなってしまったのか」と問いかけた人は他にもいる。アーサー・ケストラーもそのひとりだ。

諸国民がよびかける秘密会議を想像してみると面白い（というのは、およそありそうにないことだから）。会議が終わるまでは、すべてのスローガンやときの声や有利な立場を求める運動などを、いっさい脇へおき、次のようなことを議論しあうのだ。「いったいわたしたちはどうなってしまったのだろう。人間のどこが悪くて、カッサンドラーに耳を傾けることができないんだろう。まるで世界が、わたしたちが、あらがい難い力をもつ愚かさという一種の底流に押しながされているようではないか。そして、必死であげられる鋭くしかも狂おしい警告の叫びは、上空を旋回するカモメがさっと舞いおり、『そんなことをしていると、大変なことになるぞ』と叫んでアッという間に消えてしまうようなものではないか。――なにかわれわれ全員がいっしょにできることがたしかにあるはずだ。おそらく耳を傾けられるようになるはずだ……」

カッサンドラーがアガメムノーンの宮殿の広間の外で殺されたのはおそらく、彼女が王の愛人だったからではなくて、運命の予言を決してやめないと誰もが知っていたからだろう。聞きたくもない運命なのだ。自分ではどうすることもできないと、人びとにはわかっていたのだ。だが、なぜわたしたちはどうすることもできないのだろう。

わたしたちにはわからない。

その一方、わたしたちの態度や傾向を反映する手がかりや道しるべはこれまでにもある。

ヴェリコフスキーは、彼が語るおそるべき大変動がいったいなぜ、人間の歴史の基盤として記憶されていないのか、記憶されているとしても伝説や神話としてだけなのかという質問に、「われわれは大災害のことなど忘れてしまう」と語った。「人間は自分たちにふりかかった最悪の事態など、覚えていることに耐えられない――人間に衝突した惑星や隕石のことや、突如おとずれた気候の変化、海が突然あふれだし、あらゆる都市や文明を海底に沈めたこともみな忘れられたのだ……」と。

「ちょっと待ってほしいわ」と、わたしはヴェリコフスキーを読みながら思ったのをおぼえている。「わたしたちは忘れているかしら。だって、歴史の教科書といえば戦争や旱魃や伝染病といった災害の年代記じゃないの。わたしたちは起こったことを覚えているだけではなくて、その記憶を重々しく受けとめている。心ゆくまで味わっている面もある。喜ばしい記念を奏でる真実のオルガンのしらべとしていることだってよくあるわ。わたしたちが忘れるですって。

どんな証拠があるっていうの」

さて、そういうことなら、こう考えてみよう。第一次世界大戦の死者数は四〇〇〇万人を数えた。この数はその直後につづいた恐怖に比べれば控え目なものだった。スターリンの下で七〇〇万から九〇〇万人のロシア農民が集産主義化を強制された。スターリンの強制労働収容所で二〇〇〇万人（かそこら）が殺された。中国の大躍進では二〇〇〇万（かそこら）が、そして文化大革命では六〇〇〇万（かそこら）が殺された。しかし、これらの死は意図的な殺人、あらかじめ計画され実行された政策としての殺人だった。第一次世界大戦の四〇〇〇万人は意図されたものではなく、起こったことだった。当時、それはひどい話、起こるはずのないおそるべき事柄であり、全ヨーロッパはその死者数におののいた。おそらくそれをわたしたちの衰退の始まりをしるすものと受けとめたのだ。人為的災害が起こりうることを自覚し、不安と不吉な予感におびえたのだ。とはいえ、四〇〇〇万人の死者を出して戦争が終わると、さらに大きな災難が訪れた。スペイン風邪が全世界を席巻し、そのために二九〇〇万人が死んだのだ。一九一八年、一九一九年、一九二〇年は、戦争がもたらした難民や不具者や荒廃や貧困に加えて、この猛威をふるった伝染病のために、おそるべき年となった。人びとは次々に死んでいた。数百万の単位で死に、その数はわたしたちがそれ以来決して忘れない四〇〇〇万をはるかに越えた。そのほかこのような大々的なインフルエンザの流行がなぜ起きたのか、誰にもわからなかった。そのほかに睡眠病も流行し、これも死者の数ははるかに少なかったものの、その理由はやはり謎だった。(この流行病のことは、みんながとうの昔に忘れ去っていたが、オリバー・サックス博士が書いた『めざめ』によって蘇った。この本はこの病気にかかりながら、何十年も生きつづけ、いまも生き残っている人たちのことを書いている)。第一次世界大戦についてはたえず記憶され、論じられ、分析されている。歴史を著し、英雄を褒めたたえ、年に一度は直立不動で哀悼の意を表す。だが、その七倍ちかくもの人が死んだインフルエンザの流行については、口の端にのぼることもない。

『現代世界史年表』(ペンギンブックス)の一九一八年の項目には、「インフルエンザ流行」(五月、六月、十月)と書いてある。一九一九年になると「インフルエンザ猛威」(三月)となる。この年表から人間に関する諸事がどう展開してきたかを知りたい人は、一九一八年や一九年にわざわざ目を通す必要はない。いまだって毎年、インフルエンザの流行はあるし、「猛威をふるう」流感さえおなじみだ。新聞の見出しに「英国中部に流感の猛威、七九名死亡」と出ることもあるかもしれない。だが、二九〇〇万人とは。こんな数字はこのペンギンの年表からも、ほかの参考書からも、とうてい想像できない。

最近、ある才能豊かな若者が一九一九年を題材にした映画をつくり、わたしに見てくれといった。わたしは即座にたずねた。「つまり、あの流感の大流行を映画にしたっていうわけ?」

「いったいそれは何のことですか」と彼はいった。そんな話は聞いたこともないと。教育のある人たちは、あの三年にわたる悲嘆のことなど、あの時代から生き残ってきた人たちがいまだに茫然とした表情で語るおそろしい不幸など、耳にしたこともないのだ。その表情は、思い当たる理由はなにもなく、防ぐすべも予知することもできなかった災厄に出会ったときに見られるものだ。そしてこの不幸はすぐに忘れられ、人びとの心から、記憶から消え去るしかないらしい。

たぶんつぎのような問いを出すべきだろう。「なぜ、このおそるべき惨禍をわたしたちは忘れてしまったのだろう」「ほかにどんな惨禍を忘れることにしたのだろう」「人間の心を萎えさせるある種の災厄についてはどうだろう」

歴史の本でナポレオンのモスクワ撤退の話を読んでも、部隊の大半はチフスや赤痢やコレラで死んだとは書いていない。もっぱら雪将軍や氷将軍が記念されている。どの戦争でも、チフスや赤痢やコレラや、ときには黒死病（ペスト）によって勝敗が決したのだ。しかし、歴史の本は往々にしてこうした事柄にはほとんど触れない。

惨禍の種類によってわたしたちのこころが対処できるものと、できないものとがあるのだろうか。戦争のように、自分たちに責任があると感じるものは覚えていられるのだろうか。ということは、わたしたちが原因と結果を結びつけるすべを学べば学ぶほど、覚えていることも多くなるのだろうか。

カッサンドラーは、「この戦争をするような愚かな真似をしたら、必ず疫病がくる」といって、インフルエンザの流行に警告を発することはできるはずもなかったし、いまでもできないにちがいない。インフルエンザや睡眠病は第一次世界大戦後に流行したが、第二次世界大戦や朝鮮戦争、ベトナム、カンボジアの戦争、あるいはもっと小規模な戦争のいずれも、その後疫病が襲ったという話は聞かない。

「スペインのレディ」（これはかのスペイン風邪の通称だが、おそらく黒いレースのひだ飾りをまとったフラメンコの踊り手に似たものから苦痛を喚起したのだろう）をいまでもおぼえている老人たちが、「われわれが邪悪な戦争をしたので、神が罰を下されたのだ」と語るのを聞いたことがある。だが、神は罰を下すこともあるし、下さないこともある。

わたしたちは疫病を予知することはできないけれど、いくつかの破局はたしかに待ち受けている。

最近になってようやくわたしたちは世界の海水面が高くなるとか低くなることについて語れるようになった。昔は、こうした現象が起こるたびに、誰もが仰天した。しかも、わたしたちはまた仰天するにちがいない。なにひとつ学んでいないとしか思えないのだから。

つぎのように言ってみよう。「氷河期がまたやってくる。科学者にいわせれば、来週始まってもおかしくないし、一〇〇〇〇年後かもしれない。実際、(科学者によれば)ように氷河期になってよいはずなのだ。すべての歴史、わたしたちが互いに語る話、エジプトからバビロニアまで、中国からかつて北ヨーロッパ沖の島々に栄えた大文明まで、すべて、そのすべてが、二度の激しい氷河の猛襲の間のごく短い、暖かな合間に起きたことなのだ。この氷河はヨーロッパのほとんどをおおい、その他の世界の気候を変え、世界全体を変えてしまった。ふたたび同じことが起これば、わたしたちはどうすることもできない。暖かな場所に逃げ出したとしても、そこはすでに新しい気候条件に適応しようと苦労している人たちでいっぱいにちがいない。そう、わたしたちが死ぬことはほぼ確実だ。氷河はわたしたちの都市も業績も文明も、庭や森や畑や果樹園も、おおいつくすだろうし、わたしたちをおおいつくすだろう……文明が生き残るとしてどのような形で生き残るのか、生活がどのようにふたたび始まるのか、氷河はいつふたたび後退しはじめるのか、そしてヨーロッパのツンドラや永久凍土がその下から出てくるのか、誰にもわからない……」

そう、ただこう言ってみるだけでもいい。「氷河期がまたくるぞ！」あたかも誰ひとり耳を傾けないかのようだ。科学者が同じことを言えば、とまどいに近い反応がかえってくる。悪い冗談か、故意にからかっているかのように。

カッサンドラーの話では、あたかも人びとが真実を知りたがらないのだとしか思えない個所がいくつかある。あたかも（と時おり書かれているように）「神々が真実を見えないようにされた」ごとく。

プリアモスの宮殿の大広間でもそうした光景が見られる。木馬がそこに置かれている。さんざん議論した末に運びこまれたのだが、幅がひろすぎたため城壁をこわして通したのだ。そしてそこにでんと置かれている。なかから武器ががちゃがちゃ音をたてるのが聞こえる。カッサンドラーは当然のこと、叫び声をあげている。「ああ、なんてこと、そのなかには武装した兵士が入っている」。だが、楽天家が説き伏せる。「あれは兵士がたてる音なんかじゃない」。かれらがにこやかに、筋の通った話をしているのが目に浮かぶようだ。「たとえそうだとしても、きっとわたしたちに好意をもっているのだ。なんでも物事を悪くとるのは間違いだ」と。その間に、別のことが進んでいた。木馬のそばにいたのはカッサンドラーだけではなかった。ヘレネーもそこにいたのだ。ヘレネーは女予言者でも巫女でもなかったけれど、木馬のなかにギリシア人が入っていることは知っていた。かれらの言葉が理解できたからだ。ヘレネーはおもしろがって木馬のまわりをぐるりとまわり、木馬の横腹を軽くたたきながら、なかにかくれているギリシア人たちの妻の声色をまねて、順ぐりに名前を呼んだ。このかいまみえるヘレネーの様子は、伝説の忍苦の美女とどういう関係があるのだろう。ヘレネーといっしょにいたのは、当時の夫のデーイポボスだった。影のような人物で、ヘレネーを貞淑な女にするという意図で娶ったのではないかと疑いたくなる。ヘレネーはすでに、アキレウス、テーセウス、メネラーオス、パリスと結婚していたことを忘れてはならない（当時「結婚」ということばがどういう意味で使われたにしろ）。トロイアじゅうがヘレネーに恋したのだし、彼女がベールをかぶって城壁の近くを歩く姿を見て、半白のひげがふるえたのだ。

かれらは協議をし、なかのひとりが指名されてヘレネーに談判にいった。「さて、わたしらの立場にたって考えたい。これは公共の秩序の問題だ。その指に結婚指輪をはめてほしい」。かれは怒りの混じった陰気で不作法な声で話した。ひとりの女性にひかれ、それを悔やんでいる男がよくこういう声を使う。そしてヘレネーは笑いながら答えた。「どうぞ、よろしいように」

木馬の脇でのエピソードのすぐ後で、ヘレネーは窓の上に明かりを灯し、ギリシア人に合図をすることになる。すでに大広間を出ていたギリシア人たちは、間髪を入れず飛び出し、ヘレネーの友人や愛人や宿主など、あきらかに彼女が何年間もなかよく暮らしてきた相手をつぎつぎに殺した。オデュッセウスとメネラーオスが情愛のある夫デーイポボスを殺すと、ヘレネーはエジプトへ行きメネラーオスと暮らした。

木馬の話のなかでは、神々はたしかに人間たちに真実が見えないようにした。神々はなにか秘密の理由からそうしたのだ。

あるいは、トロイアの人びとはそこでの生活にほとほと嫌気がさしていたか、待ちつづける緊張に疲れ切ってしまい（戦争とは常に災難をひたすら待ちつづけるという問題なのだ）、とにかく終わりにしたかったのだといえばすむのだろうか。しかも、いかなる犠牲を払っても終わらせたかったのだと。

おそらく、いずれにしてもすべての事柄がばかげていると思った人はたくさんいただろう。いったいみんなはなんのために戦っていたのだろう。ギリシア人がそれほど恐ろしいなら、カッサンドラーがギリシアの王との間に二人も子どもをもうけるとはどういうことなのか。その子どもたちは当然、支配階級の一員になり、両方の国を治め、ようやくにして戦いを終わらせると期待されたのだ。

ヘレネーの子どもたちはどうなったのだろう。ヘレネーは子どもを産んだのだろうか。もちろん産んだ。彼女はそういうタイプの女性だ。神性の持ち主だったかもしれないが、地上でのヘレネーの姿は、治療者として名が高い。わたしの想像のなかのヘレネーは、実際的で賢い健康な女性であり、子どもや動物に囲まれて、自分の菜園や台所に立って召使いたちに水薬や不老不死の霊薬をつくらせている。みんな声をあげて笑い、男たちに立ち聞きされたら困る冗談を言いあっている。

あるいは、風の強い城壁の上に、カッサンドラーといっしょにいるヘレネーを想像することもできる……木馬はまだ大広間にぼうっとかすんでいる。なかの男たちはまもなく飛び出してくるだろう。ヘレネーはカッサンドラーを広間から連れ出し、城の上まで連れて行った。新鮮な空気でも吸えば、かわいそうに心取り乱した女のためになると思ったから。

カッサンドラーはヒステリーを起こしていて、神経を鎮めることができないだろう。

城壁のそばにカッサンドラーは身をふるわせ、泣きながら立っている。見るからに哀れな様子で。カッサンドラーとヘレネーは身体つきからしてまったく違う。トロイアの女はやせぎすで青白く、華奢なタイプで、黒い瞳は大きく、たっぷりした黒髪は日陰ではさえず、生気がないように見えるけれど、いまのように日の光を浴び、風をうけると油のようにつやつやと光りかがやいている。

「ああ、ヘレネー」カッサンドラーは声をあげて嘆く。「わたしがアポローンとの取引を破ったりしなければ。どこまでも冷静で、アポローンがくれるといった知恵をもらっていさえすれば。神々から、予言が役に立つときと立たないときとを教わっていさえしたら……でもわたしは巫女でいるしかなかった。女予言者になるしかなかったのだもの。それなのにいま、なにが起きたか見て。わたしはいつだって、ばさばさになった髪をかきむしって警告を叫びたてるのに、誰も耳をかさないのよ――ほら、見てよ。いま、なにが起こっているか。あの木馬はギリシア人でいっぱいなのよ。第六感でわかるの。誰か聞いてくれるかしら。くれるもんですか!

みんなわたしが悪いのよ……わたしが神々との取引を守っていさえすれば、たぶん戦争は起こらなかったと思うわ。向こうに見える黒いギリシア船隊など一隻もいなかったにちがいないわ。あの船には兵隊がいっぱい乗っていて、まさにこの宮殿にいる人をひとり残らず殺しにきて、破壊しつくすのよ……」

そういってカッサンドラーは両手で髪をかきむしりながらうめく。

ヘレネーはかたひじを城壁にのせて、カッサンドラーを眺めている。ほほえみながら。ヘレネーのほほえみはさだかでない。金髪を甘く輝く雲になびかせたほうがよかったのではないかしらと考えているから。彼女の髪は高く結いあげられ、複雑な、あるいは単純な髷《まげ》になっている。ヘレネーも召使たちも、この髪を結うたびごとに、わらいながら、互いにほほえみながら、その日のヘレネーに会う男は、この金髪の髷をどうやってだんだんとといていこうかと夢みるにちがいないと考えるのだ。ひと巻、ひと巻……だめだわ、とヘレネーは心に決める。いつものようにこの髪でいいのよ。わたしの髪は太くてたっぷりしているから、カッサンドラーのほそくて軽い髪みたいにひろがってなびいたりしないにちがいないわ。

ヘレネーはカッサンドラーの話を上の空で聞いている。カッサンドラーに半分背を向けゆっくり近づいてくる船隊を見やる。その船隊はまもなく海岸の近くで止まり、夜のとばりが降りるや否や、満載している兵士をどっとはきだすにちがいない。ヘレネーは端麗で強い女性であり、健康にはちきれそうな肉体をもち、その外見がどうかという事実では説明のつかない魅力をまきちらしている。つまり背が高くてたくましく、スタイルもいいし金髪でとび色の瞳をしている(その他いろいろ)といったことだ。いまでさえ、この宮殿の住民の大半は、バリケードでかためた寝室で泣いている。というのも、みんながみんな目も見えず耳も聞こえなかったわけではなく、木馬のなかから聞こえる物音が、明らかにさしせまった殺害と強姦と焼き打ちに関連していることがわからなかったわけでもない――ヘレネーは注意深くベールで顔をおおい、白いガウンの折り返しから美しい二の腕が見えないようにしていた。ヘレネーは隠すことで自分の美しさが増すことを、ちらと見せさえすれば夢中にさせることができるのを知っていた。誰かが城壁かなにかの陰に隠れて見守っているかもしれない。

ヘレネーはカッサンドラーを好きではあるけれど、狂人のようにわめきちらし恐ろしい試練を受けていると思う。なんという利己主義者! なんというううぬぼれ! まったく取るに足らないことでも、彼女は歌をうたい、踊りをおどる――まったく文字どおり! 例の蛇をとってみればいい。彼女、ヘレネーはひまを見てはトロイアの近くにたくさんある神殿にしのびこみ、神々(彼女の親類縁者)に会ったが、そこでは神聖の蛇があいさつに出て、ヘレネーの首や腕にまきついて、そのまぶたや唇をなめ、彼岸の世界のニュースをシューシュー音をたてて伝えた。もちろん、この世界はわたしたちの誰の目にも見えない――だが、それについてカッサンドラーがやるように、際限もなく語りつづける必要はない……

カッサンドラーは歌いつづける……「血が見える、血が、血が……」

さて、そこでヘレネーは当然ながら、メネラーオスにこの風すさぶ塔の上にいる自分の姿が見えるかしらと考えている。

ヘレネーは低い声で、わらいながら歌いはじめる。とても気に入っている歌を。昔から歌われている歌……ヘレネーも、トロイアやギリシアの住民も、この歌が好きでよく歌うけれど、いつできた歌か誰も知らない。

トロイアがかつて略奪されたという趣旨の話があり、ヘレネーはこの歌がその時のことを歌ったものだと想像している。

門を閉めろ、ああ、トロイアの男たちよ（あるいはギリシアでもスパルタでもどこでもいい）。

黒い敵の船隊が近づいてくる
われらに迫る狼の群れのように
牙をむきだした黒い狼のように

実際、トロイアはすでに六回にわたり興亡を繰り返してきた。(ホメーロスが語るトロイアは七度目に再建されたトロイアの物語だ)。ヘレネーはこうして何度も繰り返された災厄が、ひとつの一般的な災厄というぼんやりしたものになってしまったことを知らない。こうした国々の記録はすべて口伝であり、人間の記憶は物語や歌として、代々伝えられてきた。「お聞き、子どもたちよ、昔のことを歌って聞かせよう。昔あったわたしたちの壮麗な都、風の強いトロイアのことを。この周辺の海岸の宝石といわれた都、男たちはみな勇敢で、女たちはみな美しかった時代のことを。お聞き――そのころ、人びとはみんな幸せで裕福で平和だった。だが、そこへ武装した敵の黒船が岬の向こうに現れた。狼のように……」。その船隊は都を略奪した。一度だけ。六度もではなかったし、その後つぎつぎに起こったことではない。こうした出来事を何度も繰り返し記録するのは実際厄介なことだ。何度でも繰り返されたことを。まるでわたしたちの栄えある祖先がその間に常識のかけらも働かせなかったかのように。あるいは、再び同じことを繰り返すことも止められなかったかのように。あきもせず繰り返されたのだ。一度でたくさんだと思うはずではないか。

いや、トロイアは一度ならず略奪されたし、そのことはすべて物語や伝承に語られている。この都は略奪された……ああ、なんということ……なんといたましい、あの黒船が……

「このトロイア、おまえが一〇年間捕らわれていたこの都は、これまで六回も略奪され、焼きつくされてきたのだ。おまえはこれをどう思う」といわれるとすれば、ヘレネーはどう答えるだろう。彼女はすぐにはこれを受け入れない。過去の時代が突然姿をあらわしたのだ。過去ははるか彼方までつづき、どこで終わるのか彼女には見えない。この瞬間までヘレネーは、自分の人生を越えた過去があるなどとはほとんど考えもしなかった。六回とは――彼女は城壁が足下から崩れるような思いにかられる。この都が六回も、灰塵と化したそれまでの都から立ち上がり……そこに自分がいなかったとは。パニックを抑えこみ、無理に笑い顔をつくって、ヘレネーはうなずく。そうよ、それが人生よ。わたしの人生だってなにひとつ長続きしなかったし、すべて戦争が原因で起こり、それから戦争でひっくりかえったじゃないの。――そう、それほどびっくりすることじゃないわ。

　そこで、こういってみたらどうだろう。「そうだ、ヘレネー、トロイアはこの七度目の破壊からまた立ち上がり、そしてあと三度、包囲され、焼きつくされるだろう。トロイアが十回もそういう目にあった後、残るのは瓦礫の山であり、それも風で塵に埋もれてしまうだろう」。ヘレネーはいっそう強いショックを受ける。自分の強くて美しい身体は不滅のものと本気で思っているのだ。頭ではそうではないとわかっていても。あと三回も繰り返されるのに、わたしはそこにはいない、まったく無関係になってしまう……ヘレネーは暑い日ざしのなかで寒気を感じ、身をふるわす。日光はトロイアの七度目の炎上を見ることになる夜が近づくにつれ、わずかにひんやりしてくる。だが、自分が死すべき者だということを突如さとっても、そこにいつまでも固執するのは難しい。ヘレネーはその考えをふり払い、胸の鼓動をゆっくりと静めて考える。

この先、まだまだ人生は長い。トロイアはもうじき滅びるとしても、わたしが死ぬのはまだずっと先の話だわ。ヘレネーはそのことにいささかの疑いももたない。あたらしい人生がいまスタートしようとしているのだ。今晩から。あと数時間で。

「黒船が何隻もトロイアの海路沖に停泊している」。カッサンドラーが黒髪を風になびかせながら、うわごとのようにいう。「ああ、屍が見える。屍の山が。この城壁は屍で埋まる。ああ、血が流れる。わが父の宮殿の門という門から血が川となって流れる……ああ、ああ、……」

ヘレネーは溜め息をつき、美しい顔をカッサンドラーに向ける。カッサンドラーの様子を見ながら、ヘレネーはほほえむ。ひそかに思い出し笑いを浮かべる。頭に浮かぶのは父の宮殿からここへ誘拐されてきた夜のこと——

あのとき、どれほどぞくぞくし、胸が高鳴ったか。今度もまた、夜がふけたらすぐに寝室の窓に明かりを灯さなくては。いまは静まりかえったこの宮殿はまもなく、度胆をぬかれておびえあがるのだ。階下の大広間の木馬からころげでた男たちの叫び声が響きわたり、武器はがちゃがちゃ音をたて、外では黒船から岸辺をめざす他のギリシア人たちの叫びと喧噪がわき起こり、城の門はすでに、秘密の味方の手でひきもどされ、開きかかっている。耳をつんざく喧噪！　わめき声、そこらじゅうで起こる叫び声。血の雨！――そしてツンと鼻にくる煙のにおいとパチパチはぜる火の音。ヘレネーは落ち着いて自分の部屋を出る。夫の遺体をまたぎ、夫を殺したメネラーオスとオデュッセウスににっこり笑いかける。血のにおいのせいで心臓がどきどきし、瞳孔がひろがるだろう。三人が秘密の階段をかけ降りて宮殿から浜辺へ、そして船へと向かう途中、ヘレネーは片手を軽くオデュッセウスの手におき、メネラーオスの口に軽く接吻する。メネラーオスはうめき、オデュッセウスは笑うだろう……

　ヘレネーはほほえみながら、そっと舌で唇をなめるだろう。

　そのほほえみ……カッサンドラーはそのほほえみを目にとめる。ヘレネーを、そこに笑いながら立っているヘレネーの一切を、カッサンドラーは見てとる。泣き叫ぶのをやめて、カッサンドラーはこの女性を、黙って長い間みつめている。友であり敵でもあるヘレネーを。カッサンドラーは身をふるわせ、顔を伏せる。

II　われらの叫びは風に流される

山中から政府軍基地に向けてロケット砲をセットするムジャヒディン。
アフガニスタン，カブール州にて（1988.3）

著者のノート

ロシアは何世紀も前から南への拡張政策をとってきた。アフガニスタンを征服しようあるいは影響力を確立しようとする野心は、一九一七年革命までさかのぼる。十九世紀を通じて、ふたつの帝国すなわち大英帝国とロシアとの間で、アフガニスタンの支配権をめぐる「大ゲーム」が演じられた。アフガン人は三度にわたり英国を打ち負かし、追い返した。一九一七年革命の後、ソ連は国境ぞいのいくつかのイスラム教国を侵略し征服したが、その後、アフガニスタンおよびイランと国境を接することになった。アフガン人は祖国にたいするこの侵略を、長期的に計画され継続されてきた南進主義の一部と考えている。ソ連はザヒル・シャー支配下の時代、ダウドの政権獲得のときと、さらに一九七八年の共産主義者クーデタに際し、アフガニスタンにおける陰謀に加担した。

アフガニスタンからの難民がイランとパキスタンに流入しはじめたのは、一九七九年からであり、またこの年からロシアの手先とみなされる共産主義者に対するレジスタンスが始まった。ヌル・モハメッド・タラキの傀儡政権が生き残れないことは明らかであったから、ソ連は一〇万人の軍隊を送りこんだ。アフガン人が「ジハド」(聖戦)とよぶレジスタンスがひろがり、すべてのアフガン人が反ソ連にたちあがった。ソ連はこれにミグ戦闘機、戦車、重砲で応えた。もっとも恐ろしい武器は、玩具や果物にみせかけた対人爆弾だ。パキスタンの病院は手足をふきとばされた子どもたちであふれている。

抵抗運動が弱まることは一度もなかった。最初はソ連軍から捕獲できた武器以外なにもなかったとはいえ、ムジャヒディン(自由の戦士)とよばれるレジスタンスの兵士たちは、決して闘争をやめようとはしなかった。一部の西側ジャーナリストは、いくどとなく戦争は終わった、ムジャヒディンは敗北したと主張したがったようだが。この戦争はすでに七年も続き、第二次世界大戦より三年も長引いている。いままでのムジャヒディンの戦いはほとんど、外部からの助けなしに行われてきたが、ごく最近になってさらに多くの武器が届けられるようになった。とはいえ西側の大国とくにアメリカが主張してきたほど大量の武器などきたことはない。現代でももっとも特異な戦争のいくつかが、最新の戦車部隊と、ぼろをまとい手製の手榴弾やパチ

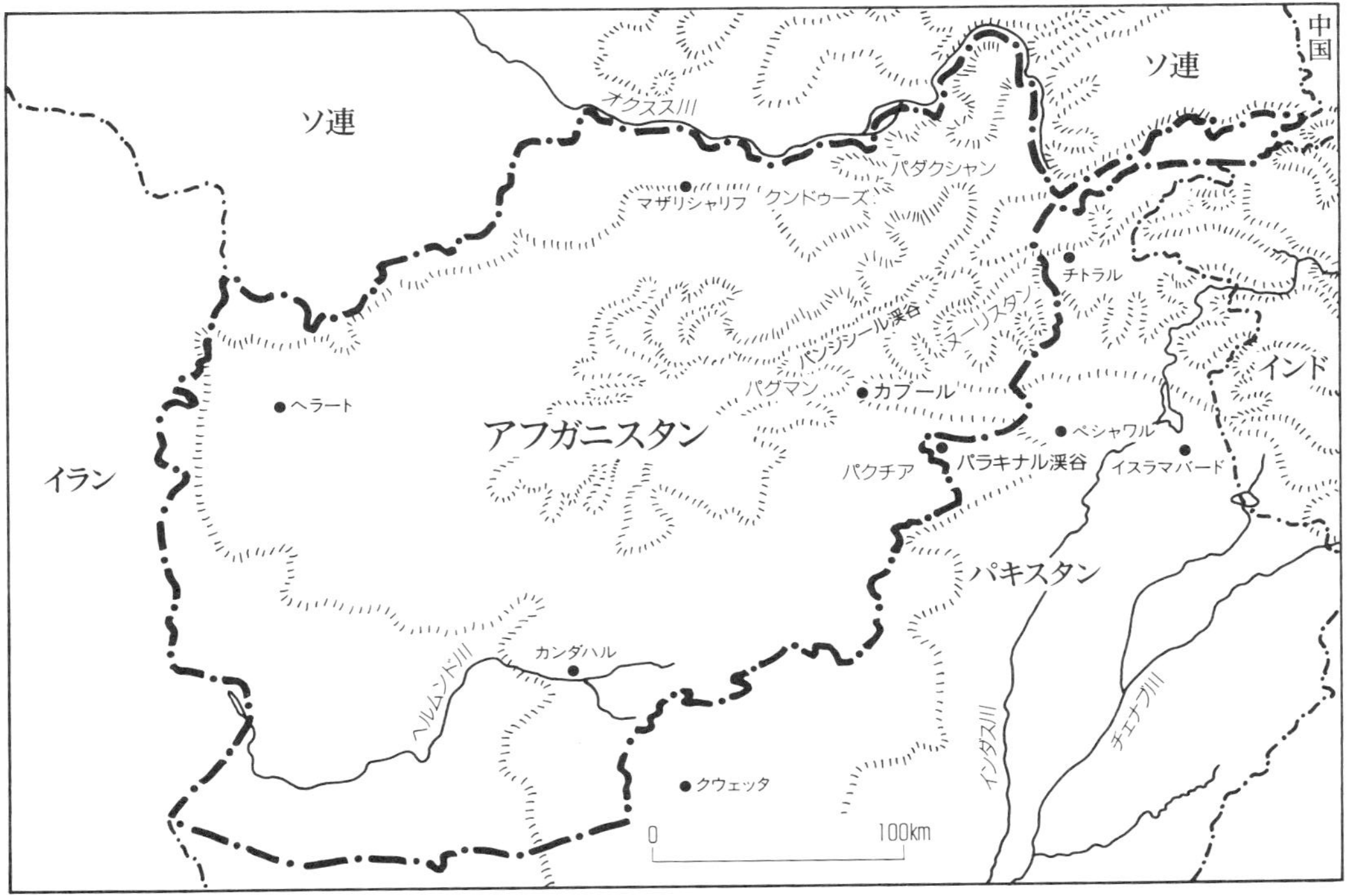
中国
ソ連
ソ連
オクスス川
パダクシャン
マザリシャリフ
クンドゥーズ
チトラル
パンジシール渓谷
ヌーリスタン
インド
パグマン
カブール
ヘラート
アフガニスタン
ペシャワル
パラキナル渓谷
イスラマバード
パクチア
イラン
パキスタン
カンダハル
ヘルムンド川
インダス川
チェナブ川
クウェッタ
0
100km

ンコや石や旧式のライフルをもった男、女、子どもたちとの間で戦われてきた。アフガン人は爪に結びつけた手榴弾でヘリコプターを落としたことさえある。

アフガニスタンの美しい場所は砂漠と化してしまった。貴重な美術品が豊富にあった古都も爆撃ですべてが失われた。アフガン人の三人に一人がすでに死んだか亡命したかあるいは難民キャンプに入っている。しかも、世界はほとんど無関心のままだ。

ムジャヒディン司令官の一人として有名なアブドゥル・ハクはこう語る。「ただひとつほんとうにつらいのは、最初は全世界がわれわれの味方だと思っていたのに、いまやまったく孤独だと悟ることだ」と。

わたしは数年前からアフガン救援運動を通じて、このアフガンの闘争と関係をもってきた。この運動はこれまでとは違う慈善運動で、組織や配給のためには一文も使わない。得たお金はすべて難民のために使われるのだ。わたしは一九八六年九月、アフガン救援運動にかかわる人たちといっしょに、パキスタンにある難民キャンプを訪問した。

＊　＊　＊

ロンドンのピカデリー・スクエアにあるパキスタン航空の事務所から不思議な体験が始まった。そこで一時間かそこらそこにすわっている間に、目にとびこんできたのだ。それはごくふつうのパキスタン人の一家が休暇で帰郷する光景だった。どの家族も公共の事務所でまったく自分たちだけの空間をつくりだしていた。自分の男をそばに置いた女たちは抑圧されている様子などまったくなく、男たちに、あれをしろ、これをしろと命じている。カウンターには若い女性も男性もいるが、女性たちはいずれもミス・ワールドみたいだ。欧米の女性はきびきびして仲間みたいな態度をとるけれど、ここの女性たちはまったく違い、あくまでも女らしさに徹し、チケットを発行するときでさえ、溜め息をついたりふくれつらをしたり、意味ありげにツンとして、自分だけの秘めごとに心うばわれた様子を見せる。その上、たえずベールを手で直している。そのなまめかしい細長い布は、ずれたりすべり落ちたりして、いかにも物憂げにかぶりなおさなくてはならない。

ヒースロー空港で飛行機は二時間遅れたため、そうした時によくあるように、わたしたちも互いに知り合いになった。家族連れは依然としてかたまっていたが、それもかろうじてでしかなかった。男たちのグループはつっ立ったままだったが、女たちはふたり、三人と固まってすわり、おしゃべりに花を咲かせながら、すっかり飽きてそこらじゅうを走りまわっている子どもたちの名前を呼んでいた。わたしたち白人は三人だった。ふたりは中年のスカンジナビア人で、援助団体の職員だった。どちらも忍耐強い様子をしていて、慈善行為でじゅうぶん経験を積んでいることがうかがわれた。

わたしたちは互いの様子をうかがった――もちろん礼を失しない程度に。わたしの場合は、こういうにぎやかで服装も派手な大勢の人びとに囲まれると、白人はとたんに目立たなくなり、影も薄くなるなと考えていた。パキスタンの女性はみんな、年齢にかかわりなく、たいがい透き通ったかろやかなベールを編んだ髪の回りに巻きつけていたが、わたしは、化粧をした表情にとんだ両手が、きれいなゴーズやシフォンを直すたびに、予想通りたっぷりした髪や首や顔がのぞくさまをながめていた。

搭乗を待つ列のなかで、クスクス笑ってばかりいるパキスタン人の十代の女の子が、わたしに話しかけ、スコットランドにいる姉さんのところにひと月いっていたのよといった。毎晩のようにでかけたわ。どこへ?　マクドナルドよ、と女の子は答えた。それに映画にもいったの――彼女にとっては外国風の楽しみだったに相違ない。家に帰りたくないわという。挑戦するように頭にはなにもかぶらず、男たちに目を向けていたが、誰も目もくれなかった。

　ようやく飛行機が離陸すると、たちまち靴をぬぎベールをほどいたのは、そこがすでに空飛ぶ隊商宿になっていたからだった。およそ英国航空には似つかわしくないともいえるが。そこですてきな時を過ごせるはずだったのに、なんと悲しいことに、その次に起こったことは、わたしが空の旅をすると必ずといってよいほど起こることだった。最近オーストラリアのパースへ行ったときは、小柄な黒い農民服を着たしわだらけの老女と隣り合わせた。羊の世話をするとか山でロバの尻をたたいてでもいそうな老女だった。胸にぶら下げた札には彼女はどこの誰それで、シドニーの甥のもとへ行くところである、どうか手を貸してほしいと書いてある。署名はヨルダン赤十字社。歯を見せてさもうれしそうに笑いながら、この老女はわたしが一言もわからないのを知りながらしゃべりまくるのだった。なにか重要なことをいっているのだろうか。アラブ語を話す人が何人か呼ばれたが、誰もかれもみんな、この老女の話しているのはどこかの方言でさっぱりわからないといった。悩みがあると訴えているのだとしても、しかたがない、わたしたちにどうすることもできない。わたしの方がぐったりしてしまい、手を彼女の口にやさしくあててから目を閉じた。それから一〇分ほど彼女は静かにしていたが、またもわたしのわき腹をつつき、声をたてて笑いながらしゃべりはじめた。これがアブダビからシンガポールを経由して二四時間飛んでいる間じゅう続いたのだ。親切なカナダ人の夫婦がときどき替わって聞き役になってくれた。この老女は狂気だったのだろうか。決してそうではない。単に人生の苦労をとことんなめ尽くす覚悟を決めていただけなのだ。

パキスタンへ向かう機上では、わたしの窓側の席は荒々しい婦人にとられてしまった。この手の女性はよく知っているので、やり合う気はなかった。まんなかの席には彼女の父親とおぼしき小柄な年寄りがすわり、たえずうとうとしていた。すると、頭がかしいで彼女の肩にもたれかかる。そのたびに彼女は断固としてわたしの方に押し返すのだ。老人の頭がわたしの肩にもたれかかると、わたしは向こうにおしやった。ふたりは一度も顔を見合わせないまま、飛んでいる間じゅうこれを続けた。老人が目を覚ますと、彼女は楽しそうに話しかけた。ふたりの話ははずんだ。ときおり、老人の片手がわたしの膝や食事の盆までのびてくると、わたしはその手を老人のひざにもどした。

イスラマバード空港では、わたしたちは税関で長い間待たされた。ある家族が大きな家でも入りきらないほどの荷物をもちこんだからだ。妻は大きな声でそばの夫や息子たちに命令を下していた。わたしの脇では例の福祉事業のワーカー——ちなみにこの二人はデンマーク人だった——が、この一家は役人にいくら払わされるだろうと、事情通の意見を言い合っていた。たぶん、テレビ一台は差し出すものとあてにされているだろう、というのが二人の意見だった。この二人連れはギルギットへ行くことになっていた。ロマンチックな場所だ。だが現地の天候が悪く、山岳地帯へ向かう飛行機の出発は翌日か翌々日まで待つしかなかった。

ペシャワル行きの飛行機が出るまでに五時間あった。わたしはレストランにすわって、街の生活の一端を眺めていた。というのも、人びとが楽しみにくるのがそのレストランだったからだ。厳格な宗教をもつパキスタンでは、楽しめる場所はそれほどない。この五時間の間に、男女混ざったグループはたった一組しかこなかった。若い男性がふたりとそれぞれの妻、それに子どもたちだった。それ以外はみんな男女別のグループで、それぞれ離れてすわっていた。若い男たちは地味で、ひじょうに濃い紅茶を飲み、ケーキを食べておしゃべりをしている。（濃縮したタンニンとミルクと砂糖というこうしたお茶の入れ方は、もともとインドのもので、それをラジャの召使が英国へもち帰ったのだろうか。それとも、英国で発達したものがインドにもたらされ、そこで生き残ったのだろうか――英国ではもはやすたれて、コーヒーやもっと薄くて上品な紅茶が取ってかわっている）。ターバンをかぶった老人のグループが入ってきて、長いテーブルを占領し、ほとんど口もきかずに大ごちそうを食べるという光景が二度見られた。女たちのグループは男たちよりもずっと愉快にやっていた。大きな声でおしゃべりをしたりわらいこけたりするのだ。入ってくるときはベールをつけ、顔の下半分を完全に隠しているけれど、そこでベールがほどけると、それきり直さない。レストランを出るときはまたきちんとベールをつける。

パキスタンの北西部にあるペシャワルにわたしが行くことになったのは、そこがアフガニスタン東部の活動の中心だからだ。西半分の中心はクエッタ。数ヵ月前から読んでいたアフガニスタンにかんする本や記事のなかでは、ペシャワルはハンフリー・ボガードの映画の背景にふさわしい魅惑の街としてめだった存在となっているけれど、ここがあくまでアフガニスタン東部にとっての中心であることはめったに語られない。アメリカの東部の州が、そこだけが全アメリカだと主張しているようなものだ。クエッタまで行くジャーナリストは多くない（聞くところでは荒涼とした小さな場所だという）。だが、それはアフガニスタンの西部での活動がさほど頻繁に語られないという意味ではない。さらに、ペシャワルからアフガニスタンに入るというのは、パシュトゥーンの土地を通っていくことでもある。ジャーナリストのなかには、パシュトゥーンこそアフガニスタンの全人口を抱合するものと思っているらしい人たちがいる。実際その通り書いていて、それが玉に傷となっている本もある。テキサスだけを見て合衆国の全部と思うようなものだ。

わたしは数年前からアフガン救援にかかわっていて、現地を訪問するよう招かれていた。難民の状況やムジャヒディンのことを自分の目で見て書くためだ。ムジャヒディンについては、女性も自分たちのグループをつくって銃をとっているという噂があった。女性だけの組織や訓練や供給源があって、こうしたグループを支援してきたという。わたしはこの女性たちと会ってみたかった。結局この希望は実現せず、旅行もまったく別のものとなった。「ペシャワルへ行くんですか」とわたしはいわれた。「いっさいなにも期待しないほうがいいですよ。実現しないにきまっているから」

空からの風景は褐色でほこりっぽかった。アフリカのように、飛行機から見下ろすと地平線の彼方まで褐色でほこりっぽいというのではない。オーストラリアのように、なにもかも褐色でほこりっぽいけれど、西海岸から東海岸まで何時間も飛んでいると、ところどころに矩形の大規模な所有地が見えるというのともちがう。あるいはテキサスのように、その褐色の矩形がとてつもなく大きいというのでもない。ペシャワルに向う上空からみた風景は、ほかで見たこともないものだった。ここではわずか二、三センチの隙もなく耕され、無数の小さな段々畑や区画された田や地所になっている。どれも矩形でも四角でもなく、まるく囲われている。さもなければカーブを描いたり重なりあったりして、そのさまはまるで魚の鱗模様かふわっと折りたたんだ羽根のようだ。人間が残酷な浸食を相手どってひたすら耕作にはげんできてできた模様なのだ。それはあたかも、巨大な爪が何度も何度もこの土地をかき払ってきたのに、それでも人びとはもどってきては、ガリー（雨裂）や尾根の上に小さな畑をこしらえてきたかのようだった。イスラマバードからペシャワルまでは半時間の飛行だが、小型飛行機が空の上で止まって、塵と化した土地を開墾したこの複雑な風景をじっくり見せてくれたらと思わずにいられない。アレクサンダー大王の軍隊がこの地までやってきたときには、ここは森だったという。

十二世紀にはマラガからバルセロナまで、木陰の下を歩いていけたという。今年わたしがアイスランドに行ったとき、昔はそこにも木がはえていた、アイスランド特有の背が低く頑丈でねじくれた木があったという話を聞いた。スカンジナビア人の侵入後、かれらが連れてきた山羊がこの地をはだかにしてしまったのだと。案内書によれば、ペシャワルには二〇〇〇年以上前にさかのぼる古代の伝説が伝わっているという。そして、かつては森と川の地だったにちがいない。おそらく、この平原に人びとが最初に住みついたのは、ヒマラヤ山脈からいくつもの大河が、原野の間を曲がりくねり、分岐して流れこんでいたからだろう。おそらく、何世紀もの間に、この平原は川の土手や木の間に泥でつくった村々でいっぱいになったにちがいない。いよいよペシャワル上空にきた。眼下に見えるあのおかしな様子の村々はいったいなんだろう。イスラマバード近郊の村とは様子が違う。どの家もずんぐりしてめだたない。まるで大きな親指でこすられたみたいだ。あとで聞いたのだが、そこはアフガン人の難民村で、ぬらした土をもり上げて壁をつくったのだという。子どもが泥んこ遊びで家をつくるのと同じように。世界じゅうの人びとが何千年もの間、土で家をつくってきたように。とにかく緊急に必要が生じたため、急拵えの家がつくられたのだが、こうした家はもろくて壊れやすい。

広大な平原の上を行く飛行機は、片側にヒマラヤ山脈と、大気汚染の濃いもやの向こうでオレンジ色に輝く強烈な夕日をのぞみながら飛びつづける。高度が下がりはじめると、こうしたもろい泥の家の屋根のあちこちにテントや小屋が立っていて、さらに大勢の人びと、アフガン人が「大破局」とよぶソ連侵攻によって追われた難民がいるのが見える。

混乱と騒音と混雑をきわめるペシャワルに、わたしはあ然とした。秩序のかけらもない雑然とした場所。だが、インド通の友人にいわせれば、パキスタンの都市のほうがきれいで裕福できちんとしているという。乞食もあまり見かけないし、目につく貧困もなければ路上で暮らす人たちもいない。ペシャワルの人口は難民がきて二倍になった。七年前に難民の流入がはじまったころは、自分の家を分割して、持っているものすべてを分かち与えたパキスタン人がいた。それが神のおきてに従う自分たちの義務だとかれらはいった。いまや、難民の数は三五〇万人に達し、その大半がペシャワル付近にいる。

こうしたことは以前にもあった。この平原の歴史はたえざる侵略と征服、壊滅の歴史だ。かつてペシャワルはアフガニスタンの一部であり、支配者たちはここを酷暑や酷寒に苦しめられるときの逃れ場所として利用していた。ペシャワルはまた、パシュトゥーン人の地でもある。パシュトゥーン人自身は、正当な権利をもつ土地を奪われ、現在の行政区に閉じこめられたと考えている。そのためパキスタン人が不安に感じるのは当然だ。かつての征服者が、いまや国境地帯で自分たちの客人となり、あるいはじっと耐え、怒りをためているのであるから。

ペシャワルのどこへ行っても、愛想のいいパキスタン人の間を、おびただしい数のムジャヒディンが闊歩している。欧米人はムジャヒディンを見ると山賊かなにかのようだと思い、興をそそられるか、さもなければ接触を避ける。かれらはだぶだぶのズボンをはいているが、わたしたちのグループのひとりが実際にはいてみて、動くたびに風をよんで、こんなに涼しい衣服はほかにはないという。さらにひざ丈の長くてゆったりしたシャツを着て、肩に毛布をひっかけている。これが寝床にも上掛けにもテントにもなる。チョッキを着ていることもある。イングランド・ツイードの上等のチョッキを着こんだムジャヒディンを見かけたことがあるが、その織端には「英国製」の飾り文字が入っていた。ときにはチョッキに刺繍が施してある。頭にはアフガンの小さな縁なし帽をかぶるか、ターバンをまいているか、アフガンベレーをのせている。ターバンが多いのにはびっくりする。こうした男たちがカラシニコフ（ソ連製軽機関銃）を抱えていなければ、それに市内で持ち歩いているはずはないとすれば、まるで想像上の兵器をかついでいるかのようにみえる。この荒々しい男たちは、別の国からやってきたようにもみえるし、ある意味ではその通りなのだけれど、世界で何が起きているかについてはよく知っている。西洋人の前で共感をもってふるまうなどという考えはまったくなく、あらゆる種類の英雄的な態度をとり、殉教や信仰のため死ぬことや、きれいな処女と美少年と酒があれば天国であることなどなどについて語る。写真を撮るときは、いかにも戦士らしいポーズをとる。

それが感動を呼ぶと思っているからそうするのだ。ふつうに話しているときはこういう虚勢ははらない。みんなものの わかった人びとで、狂信的なところはみじんもない。少なくともわたしが会った人たちはそうだった。わたしは過激で頑迷なムッラー（イスラム教の師）やその信徒にはまったく会わなかったけれども、いくつかのテレビ番組や記事から判断すると、まさにそうした類のアフガン人に会った人たちもある。かれらはそうした存在にぶつかった人たち特有の冷笑的なユーモアを示す。冷酷でグロテスクでひどい風刺のきいたユーモアだ――ユダヤ人のユーモアのように。これらの戦士はペシャワルを出たり入ったりして、アフガニスタン東部でたえず行われている戦闘に加わっている。休息をとり栄養をつけ、傷の癒えるのを待ち、難民キャンプにいる家族を訪ねるのだ。手紙やメッセージも届ける。路上でムジャヒディンがふたりとか三人、あるいはグループで会う場面を見かけることがある。お互いに抱き合い、キスの雨をふらせる。お互いに生きていることがわかってほっとしたのだ――この前会ったり噂を聞いたのは戦闘の最中だったのだから。かれらの同志的結束は固い。戦争の同志関係であり、イスラムの同志関係とは似ても似つかない。イスラムの場合はまた別のテーマだ。この結びつきの強さは外から見ていて魅力があるし、戦争が終わったらこの男たちは人生の最上の時のことを語りつづけるにちがいないとわたしは思う。自分たちのことをどう説明しようかと考えているとき、かれらが口癖のようにいう言葉が「ジハド」だ。これはレジスタンスをあらわすかれらの言葉であり、単純に「聖戦」を意味するのではない。この前の大戦下にフランスで闘われた「レジスタンス運動」に似ている。かれらはすべて、ロシアを祖国から追い出すために闘っている。これをかれらは、例えばこう表現する。「われらは一〇〇年間アラブと戦ったが、ついに負けた。ロシア人ともそのくらい戦うつもりだ」。ムジャヒディンの一生はきびしく、短命で終わることが多い。戦闘で重傷をおえば生きのびられない。病院へいくにははるばる高い山を越えなければならないのだ。キャンプ育ちの少年たちがかれらの代わりになる。どの男の子も父親や兄たちといっしょに行きたくてしかたがないと語る。だが、指揮官のなかには、一六歳になるまで戦闘に加わることを許さない者たちもある。たとえば、マスードは始終少年たちに囲まれて、戦わせて下さいとせがまれているけれど、そのつどかれらを家族のもとへ送り返す。(マスードはアフガニスタン全土で、どの政党のメンバーであろうがおかまいなく、ほとんどすべてのムジャヒディンから崇拝されている司令官だ。かれはこの戦争で頭角をあらわし、国民的リーダーに近い存在となっている)。

アフガン人はパキスタン人とはすべての面で異なっている。アフガン人は生き残るためにつくられたきびしい山の民なのだ。かれらより弱腰の人びとが必要とするもの以下で生きていける戦士であり、誇りも高い。「大破局」の前、アフガニスタンを訪れる人はみんな、アフガン人のとりこになった。あたかもわたしたちが、誇りをもち、タフで勇敢で独立心にあふれ、機知にもとんでいれば寛大でもあったと言い伝えられる自分の過去に恋するように。アフガン人はいったいなぜ、誰もかれもこんなにハンサムなのだろう。その答えを聞けばぞっとするにちがいない。一年以内に大体が死んでしまうので、わたしたちが見るのは、とくにぴんぴんしていてハンサムだから生き残った人たちだというのだ。パキスタン人もまた別の意味で美しい。のんきで、楽しくて、善意にあふれ、……おまけに不精だ。パキスタンの男たちであふれるオフィスにすわっていると（もちろん、女はひとりもいない）、オフィスというものは男に仕事を提供するために存在することもあるのだとわかる。みすぼらしい大部屋の窓は汚れ放題で、頭上ではファンがゆっくり回っている――こういうファンが眠気を催させ、精神をにぶらせることは誓ってもいい。部屋には年代ものの机がところせましと置かれている。手動のタイプライターが二台（それはちっともかまわない。わたしも手動を使っている）。一〇人ほどの男たちが、お茶を飲み、ゴシップに花を咲かせながら、なにもせずにすわっている。どぎまぎしている西洋人の客には、ためらいがちに親切な態度で接する。客のなかには不謹慎な服装の三人の女性が混じっている。（わたしたちの立場からすれば、腕や肩をおおい、ズボンやロングスカートをはくなどして、必死に努力していたのだが）。わたしたちは許可を申請にきたのであり、ほとんどアフガニスタンに囲まれたパラキナル渓谷へ行く許可を下さいといった。所長はわたしたちに許可を与えられないという。戦闘が行われているというのだ。だが、あるムジャヒディンの指揮官からごく最近聞いた話だと、戦闘があったのはたしかだが、すでに終わっているそうだ。所長にそう告げると、もしわたしたち全員がロシア人に誘拐されたら、パキスタンの責任だという。だが、ジャーナリストたちがたえず、アフガニスタンを出たり入ったりしているのは周知のこと。あるジャーナリストの話では、日が落ちた後の道路は、ムジャヒディンや村人やあらゆる種類のスパイ、ペシャワルの市場へ商品を運んでくる業者、それにもちろんジャーナリストなどであふれる大通りになるという。ペシャワルのジョークに、進取の気性にとむアメリカ人が、ムジャヒディンといっしょにアフガニスタンへ行こうと旅行代理店をひらいているとまでいわれる。官僚的な激しいやりとりがつづき、結局、もっと上の部署で決着をつけることになる。その間、わたしたちはそこにいる男たちと話をする。どこからきたんだね。ロンドンもテキサスもストックホルムも行ってみたいもんだ。ひとりがロンドンってのは英国にあるのかいと聞く。みんなでカウボーイや油田やらをサカナに冗談を言い合う。この人たちはまったく人好きがするし、男でも女でも、ほんとうに美しくて気さくで、物腰が柔らかく、いつまで見ていてもあきない。といって女性に会う機会がそれほどあったわけではないけれど。この国を去ったあと、いちばん強く焼きついている思い出は、男たちがかたまっている姿だ。立ったりすわったり、通りをぶらぶら歩いたり、歩道に立ちどまったり、車によりかかったり、女たち、つまりわたしたち三人のほうをじっと見たりしていた男たちだ。ひとりは年長のわたし。もうひとりはテキサスからきたブロンドで、ことあるごとにパキスタン人に囲まれてしまう。金髪と青い目がほんものと信じられないのだ。それにアフガン出身だが英国で育った美しい女性と。いつまでもじっと、謎めいた目で見つめる。わたしたち三人はその中身を解こうとした。どういう意味なんだろう。敵意だろうか。好奇心かそれとも反感だろうか。そうやって見ている間、男たちはまるで人間としての興味も失ってしまったかのようだ。怖い。からかったり笑ったりすることもあるが、たいていはひたすら遠くからこっそりと、エイリアンを見るような目つきで見ている。だが、いったんこの男たちの気に入りさえすれば——人間だとわかってもらえれば、親切にしてくれるし、助けてもくれる。

あらゆることが影響力で、誰と知り合いかによって動くので、影響力ももっていないとすると、ペシャワルの印象も、アフガン人のレジスタンスの印象も、往々にして運次第になってしまう。ムジャヒディンのどのグループと会うか、どの政党が力を貸してくれるかで決まるのだ。追放されたアフガン人の間には七つの政党があり、いずれもイスラム教とコーランに基づいているものの、その幅は頑迷固陋の原理主義から進歩的な近代的姿勢をもつハリカト派まである。

ジャーナリストはわんさといて、それ自体研究対象として気をそそられる。この地へやってきたのは自分の気性からという人が少なくない。武器や麻薬の密売人やスパイや、あらゆる種類の冒険に満ちたロマンチックでいかがわしい小さな街だ。ジャーナリストがたむろするホテルやバーがある。ＫＨＡＤのスパイがすぐ背後にしのびより、背を向けたまま椅子を引きよせ、喜歌劇でやるように、なにか関心を引く話はないかと耳をそばだてる。噂では、いたずら好きがおもしろ半分に偽情報をばらまき、なにもかも混乱させるのだという。（ＫＨＡＤはアフガンの傀儡政権の秘密情報部で、訓練も維持もソ連に頼っている）。

ペシャワルのスパイは、いちどきにふたつでも三つでも、あるいはそれ以上でも、いくつもの忠節を誓えるというので有名だ。ＫＨＡＤもソ連自体も、外国政府や亡命中のアフガンの競争しあう政党も、互いにスパイしあい、ムジャヒディンや難民ややってくるジャーナリストや援助団体のワーカーをスパイしている。

初仕事として派遣されてくる若いジャーナリストがひじょうに多い。冷たいやり方だといいたい。つらい見習い制度だ。ムスリムの国はどこであれ、西洋人にはらくではない。わたしたちは一〇〇〇年もムスリムと戦っていたのだ。わたしたちは無知と偏見で凝りかたまっているし、イスラムの側もそうだ。西洋、とくにアメリカが、「イスラム」「ムスリム」という言葉を、「テロリスト」とかイスラム原理主義と結びつけているのは残念なことだ。そうした例は、ホメイニやカダフィとの関連でよく読まされる。イラスムを構成しているのはそれだけではないし、わたしの考えでは、決してそれが最重要なのでもない。とはいえ、悲しいことに、もっとも重要な側面になりつつあるのかもしれない。パキスタンは、いってみれば、イランなどのような原理主義ではないし、それに近いものでもまったくない。

イスラム諸国はそれぞれまったく異なっているだけでなく、同じように見える律法も、実行面では同じではない。五〇回のむち打ちの刑をとりあげてみよう。イランやサウジアラビアでは、この刑は聞いた通りの残忍な刑だろう。パキスタンでは、イスラム過激主義は軟化している。(それに頑迷派が権力を失えばさらに修正されるだろう)。処刑者は詰め物をしたむちを使い、コーランを脇腹にはさんでおかなければならない。むちをふるう間、コーランを下に落としてはならないのだ。ある種の律法はわたしたちにはばかばかしく見える。パキスタンは「禁酒」国だ。ということは隠れて飲んでいるのだと、察しがつく。酒を飲みなれていない人たちは、飲み方も下手だし、それがあまり気持のいい光景ではないこともよくある。外国人ならば飲んでもよいのだが、許可をもらってホテルの部屋でこそこそ飲むのではすこしも楽しくない。欧米人が飲んでもよいとされている理由のひとつは、ワインが宗教的慣例の一部だと思われているからだ。わたしの友人は、ホテルのバーから出てきたところを、たぶん羨ましく思ったウェイターに、宗教的儀式は御満足いただけましたかとたずねられた。女性にたいする態度は一致していないが、きびしくなりつつあるという。因習を守る女性なら満足していられるだろう。安全この上ないからだ。彼女たちが男に向かって命令したりいばりちらすのを聞いたが、その様子は決して愉快なものではなかった――奴隷の復讐ではないのか。しかし、能力も野心もある女性、自立心のある女性にとっては、地獄にちがいない。英国のヴィクトリア朝時代のようなものだろう。女性ジャーナリストは、いくつもの言葉が話せでもしなければ、男たちの態度のせいで、ありとあらゆる困難にぶつかる。男性ジャーナリストは、難民キャンプの女性を取材できない。ジャーナリストたちは難民キャンプとムジャヒディンの取材が目的でやってきたのに。ムジャヒディンはすべて、少なくとも名目上は、七政党のいずれかひとつに属している。こうした政党は西欧にあるものとはおよそかけ離れ、西洋人にとっては理解しがたいかたちで、宗教を基盤にしている。しかもどうでもいいようなばかばかしくさえある問題をめぐって、互いにけんかしたり、陰謀を企んだり、競争しあったりしているのだ。

ムジャヒディンはすすんでジャーナリストを迎え入れるだろう。その通りではあるけれど、それは訪問者の性質のゆえになのだ。概して、かれらにはわたしたちの優しさを軽蔑する傾向がある。ヒロイズムが七年間も主要な武器となってきたとすれば、ヒロイズムに最大の価値をおくことになる。戦闘の現場をカメラに収めたいと要求し、戦闘が始まるや身を伏せてしまう映画製作者たちについて、軽蔑をこめて語られることが多い。そこでひとりのムジャヒディンは自分でカメラを取り上げて、交戦をフィルムに収めるにちがいない。あるいは医者たちの話もある。ムジャヒディンに追いついていけない医者や、ムジャヒディンが必要とする最小限の水準の食事ではやっていけない医者、食事も寝る場所も特別でないとだめな医者、戦闘の最中に重傷を負ったさまをみると卒倒するので有名な医者などの話だ。こうした理由、つまり医者たちの軟弱さのゆえに、ムジャヒディンは友好国から医師班を派遣してもらい、選ばれたムジャヒディンに基礎的な医療訓練をしてもらうほうがいいと考えている。そうすれば、アフガニスタンへ向かう戦士の各グループに自前の医師を配属できる。ジャーナリストたちへの不満は、カブールやマザリシャリフや解放地区への取材旅行の誘いを拒否して、国境に近いところ、たとえばカンダハルへ行くとか、パシュトゥーン人といっしょに行くことを好むという点だ。ある司令官がいった。「休暇にバーレーンに行くというなら、なぜカブールに行かないんだ。あそこはわれわれの支配下だ」。たしかに、このムジャヒディンたちの行動は非常にはなばなしい。だが、かれらを見ていると胸が張り裂ける。あまりに勇敢で、あまりに何ももたないから。いまでさえ、かれらの武器はほとんどソ連軍から捕獲したものだ。

「あっちへはもう〝入った〟のかい」。グリーンズホテルやディーンズホテルで、ひとりの新参者が息をのんでもうひとりに質問しているのが聞こえる。どちらのホテルもスパイ映画のセット用につくられたといってもおかしくない。パシュトゥーンの地（パタンズ）へ行くといえば、ふつうは四～五日の旅行だが、適切で偏らない情報をえるには必ずしも最善の道ではない。受け入れてくれたグループの意見しか聞けないからだ。どこのグループからも袖にされれば、その地域には入れない。ある若い女性ジャーナリストが最近、腹を立てて、デリーに行くつもりだわ、と声を張りあげた。ほんものの情報がえられるのはあそこだけよ！　わたしたちのグループがあるパーティで、かなり地位の高い人物から、真面目な意図のジャーナリストならいつでも助けたいといわれた翌日、パキスタン・タイムズに、ムジャヒディンはやたらに大勢のジャーナリストがくるので嫌気がさしているという記事が載った。自分たちが危険をおかさなければならないのに、見返りはほとんどないというのだ。いずれにしろ、簡単なことではないし、ある種のレベルの情報はほとんどの人に手が届かない。

わたしたちのグループにいたのは、まずパグマンからきたアフガン人。親戚や友人がムジャヒディンといっしょに戦っていたり、アフガン救援組織で働いているという。さらに英国育ちのアフガン娘がいる。ペシャワルでジャーナリズムを学んでいて、ペルシャ語とアラビア語を話すほか、ウルドゥ語もすこしわかる。スウェーデンの映画製作者のレオン・フラムホルク。先祖がウズベク共和国出身で、なりさえ変えればムジャヒッドで通る。ペルシャ語も話せる。前回ペシャワルに来たときあっちへ〝入って〟いるし、映画も半分できている。テキサスからやはり映画を撮りにきた女性、ナンシー・シールズは、今回が三度目だが、映画は半分しかできていない。それにわたしがいる。数年前からアフガン問題にかかわっているがパキスタンはこれが初めてだ。（わたしはペルシャ〔現イラン〕で生まれ、五歳までそこで育った。そう、たしかにあらゆる種類のにおいや物音が思い出された）。

ペシャワルについた瞬間からアフガニスタンに包みこまれてしまう――この国の法外さ、恐怖、そして悲しみに。早朝から夜更けまで、それしか話さないし考えられない――わたしの場合は夢に見る。ムジャヒッドであれ難民であれ、会うアフガン人はすべて、それぞれの悲劇を語る。一人ひとりが訴える。助けてください、わたしたちを助けて！　西側にいるわたしたちにはこの人びとの言葉が十分伝わっていない。さもなければ、とうに助けているにちがいない。ここにもまた、ささやかな皮肉がうつし出されている。どこかにいまでも神々がすわりこんで、わたしたちを見て笑っていると信じたくなるアイロニイ。この戦争のそもそも最初から、ソ連は西側、主としてアメリカがアフガニスタンの抵抗運動に資金援助をしていると主張してきたし、そう信じてさえいるらしい。ソ連の兵士は、アメリカ帝国主義（アメリカのシオニスト帝国主義などというけっこうな歪曲もある）、それに中国と戦うのだと教えられている。敵は、国際資本という強盗団の一味だと。ソ連兵が見るのは、ぼろをまとい自分たちから盗んだ「カラシニコフ」（ソ連製軽機関銃）を手にした裸足の男たちだ。これを見て脱走するソ連兵もいるが、「それをおおげさにいってはいけない」とあるムジャヒディンの司令官はいう。「一パーセントくらいは動転してわが方に逃げてくるとしても、残りはみんなソ連を信じているし、われわれを見たら動物だと思い、おいつめて殺せと教えられているんだ」。戦争が始まって七年たったいまも、ムジャヒディンは武器の大半をソ連軍から盗んでいる。ムジャヒディンにいわせれば、アメリカが最初に援助を送っていることを否定した際、そのいい方は、援助はしているがその事実は否定せざるをえないという印象を与えるものだった。いま、ムジャヒディンは、そう、たしかに援助は送られてきているという。だが、その援助はどうなっているか。送られてくるもののうち、ほんのわずかしか届かない。ムジャヒディンの司令官と話すたびに、その点が必ず重要な問題となる。すでに読んだことがあるので、わたしはそうだろうと予想していた。「われわれは自分のためと同時にあなた方のために戦っているんだ」とかれらはいう。「ソ連は昔から欲しがっているものを狙っているのだ。温暖な港への出入り口を獲得し、現在のパキスタンを手にいれたいんだ。なぜ、われわれを助けてくれないんだ。そうするのがあなた方の利益ではないか」

どの会話でもインタビューでも一貫してぶつけられるテーマはひとつだ。「そもそもの初めから、西側は抵抗運動の拡大を過少評価してきた。この七年間、われわれはもう終わりだ、すぐにもあきらめるという記事を読まされてきたし、あなた方のトップジャーナリストが何度もそう書いてきた。一度だってその通りだったことなどないのだ。あなた方の書き方では、われわれはあたかもソ連の支配下で受け身になり、ときおりひき逃げ的急襲をしかけているかのようだ。われわれは絶対にそんな存在ではない。この国はたえず戦火のなかにあるし、誰もかれもが巻きこまれている。自分の目でたしかめてみないか」

ある政党の本部で、わたしたちは午前中ずっとすわりこんでいた。ムジャヒディンの司令官たちが北から南まで東部アフガニスタンのいたるところからやってきた。一度に三人ずつ現れ、しばらくすわって質問に答え、つぎの人たちと交替する。パグマンやパラキナル渓谷から、バグラムやバグランから、カブールやパクチアからきた人びと、中国の督軍（軍閥）と同じ顔のマザリシャリフやバダクシャンからきたトルコマン族もいた。また、まるでスコットランドかケントからきたばかりなのではないかと時にぎょっとさせられる、ヌーリスタンからきた人たちもいた。ヌーリスタン人はアレキサンダー大王の軍隊の子孫だと主張しているが、この軍隊はモンゴルやアラブがやったように、アフガニスタン全土を席巻したのだ。最後の侵略者である英国は、そこまでは及ばなかった。英国はこうした戦士によって三度打ち負かされた。（歴史について三人の男が話している。「おれの先祖はモンゴルだし、お前の先祖はアラブで、アフガン人はわれわれと戦争したわけだ。いまじゃみんな兄弟みたいにいっしょに、最後までロシア人と戦う」）。マザリシャリフ近くでの戦闘を終えたばかりの隊長が、新しい弾薬をとりにもどってきた。「大きな戦闘だった。ジェットやヘリコプターまでやってきたんだ。国境を越えてやってきて、また逃げて帰ったよ。腰抜けみたいに、はるか上空から爆撃するんだ。穀物をぜんぶ焼き払ってしまった。実るまで待っていたんだ。住民たちの供給の基盤を破壊するためだ。ペシャワルからオクスス川に送られた武器や食料品を受け取るのにひと月かかるし、いたるところでソ連の〝おもちゃ〟を警戒しなくてはならない——腕時計やペンや子どもの玩具にみせかけた爆弾だ。われわれが歩きそうなところに仕掛けているんだ」。キャンプ内の病院は、手足をもぎとられた子どもたちであふれている。こういうおもちゃを前に手を出さずにいられないからだ。最北からやってきた別の隊長は、灯油やガソリン、石油を輸送するパイプラインを隊員とともに切断した話をしてくれる。「何度だってたたきつぶしてやる。ロシアのやつらは修理がおいつかない。夜はわれわれの支配下だから、昼間しか警備できないんだ」。こちらからたずねる。「わたしたちはアメリカとイギリスからきた記者ですが、西側の人びとに伝えたいことがありますか」

「武器はどこにあるんですか。われわれは斧まで使って戦ってきたんだ」(これはおおげさにいっているのだと、わたしたちは思った。ムジャヒディンは詩的な誇張をすると非難されている。ムジャヒディンの話は割引して聞いたほうがいいとみんながいう。だがこの話はあとで、実際にこの戦闘に参加した人物によって確認された)。「食料もまったくない。ウールや皮をかじってたんだ。勝っている時でさえ、身体が弱って闘いをやめるしかなくなるまで、そうやってがんばる」

もうひとりの北からきた隊長の話では、家族や召使いは馬やロバといっしょに山中の洞窟にいるという。村々は破壊しつくされ、なにも残っていない。灌漑も使いものにならなくなった。

各戦士にはそれぞれ五人の従者がいて、順番に一部隊一〇〇人で前線に行く。「薬も医者も食べ物もなにもない。そう、すこしはロシア人からぶんどれるが、ロシアの薬は見たこともないようなものが多い。皮下注射とか麻薬とか、われわれには使い方もわからない」

カブールからきた隊長はこう語る。「われわれの組織はカブール市内と外とふたつある。カブール市内の組織は破壊活動をやる。だからこそロシア人はわれわれを捕まえられない。カブールではみんながわれわれの味方だし、だからこそる。KHAD内部にも味方がいる。女も助けてくれるし、子どもたちだって力を貸していつ攻撃があるかかれらが教えてくれる。あまり大勢いるのでロシア人には絶対つきとめられない。だからわれわれが勝つんだ。ロシア人はカブールから八キロ以上は進めない」

そして、その午前中いっぱい、何度も何度も繰り返し、どの隊長もいう。ムジャヒディンは飢えで滅ぼされつつあると。「食べ物も暖かい衣服もないし、ブーツもない。サンダルしかない。足も手も凍傷でやられている。ところによっては、すでに飢餓の犠牲者も出ている。まだ秋だというのに。これから長い冬がくるというのに。食料を、暖かい衣服を送って下さい。地対空ミサイルをくれれば必ずロシア人をやっつけてみせる。なぜ、そうしてくれないんですか」

そして、しきりにこう繰り返す。「西側の人たちはわれわれが分裂しているという。自分たちの目でしか見ていないのだ。常にアフガニスタン全土を指揮するひとつの司令部を見つけだそうとしている。だから、マスードやハカニやその他の人物をつれてきては、国民的指導者になれるのではないかと推測する。それはアフガンのやり方ではない。われわれには地域の指導者がいて、互いに尊敬しあい、協力しあうんだ。だがそこから国民的指導者が生まれてくることはない」

七政党のひとつに身をおくある地位の高い軍人にインタビューをした際も、こうした点がことごとく確認された。かれは写真もフィルムも録音も断るといった。自分はアフガン軍のなかでひそかに活動してきた大勢のなかのひとりにすぎないという。あまりに危険が大きくなったため、ペシャワルへ逃れ、ムジャヒディンの戦闘の調整役をやっている。ムスリムの敬虔さをいやというほど聞かされてきたわたしたちは、「わたしは軍人であって宗教家ではない」と話しはじめたかれの言葉にほっとした。「ここはこの政党の軍事作戦本部であり、わたしはここの責任者のひとりだ。あそこのベンチに壁を背にしてすわっている男たちも、地位の高い司令官だが、誰ひとり制服を着ていないのでとてもそうは見えないだろう」。ムジャヒディンの服装の男たちが十数人、すわってこちらを見ている。「かれらはこの政党の党員ではないし、あなた方はそこから結論を引き出したくなるかもしれない。わたしはどんな質問にもお答えするし、真実以外はひとことも言わないつもりだが、ジャーナリストたちは、一見どうでもいいような些細な点でも、敵にとってどれほど利用価値があるかほとんど認識していないので、非常な害をおよぼすのだ。あなた方は情報部の訓練を受けていないが、わたしは受けている。あなた方のせいではないにしろ、話すときはわれわれの立場を守るつもりだ」

「主な点、基本的な点は、あなた方がどんな話を聞いたにしろこの戦争が全力をあげて進行中だということだ。西側の報道がときどき主張するほどまずい状況ではない。われわれは戦いをやめないし、勝利してロシア人を追い出すまで、または連中がわれわれを全滅させるまで戦う。これが基本的かつ重要な点だ。西側の人たちは誰ひとり、この抵抗のひろがりを理解しているとは思えない。一軒のこらず、一村のこらずかかわっているのだ。ある地域が当面静かだとしても、鎮圧されたわけではなく、おそらくは天候のせいで待機しているにすぎない」

　わたしたちが質問する。「アフガニスタンの各地、各政党の間の調整はどうなっているのですか」

「ふたつの側面がある。第一に軍事的側面。ひとりの指揮官の下にあらゆる政党の男たちがいるという地域が、アフガニスタンのなかにいくつかある。戦争が始まったときからそうなっているわけだ。その他、対立するムジャヒディン・グループが互いに争っている地域もある。この両極端の間にいくつかの段階がある。だが、もっとも強硬で狂信的なムジャヒディンでさえ、協力しなければ勝てないことを理解するようになっている。一般的に尊敬される指導者たちもいるし、かれらのことはもちろんすでに耳にされただろう。かれらは互いに協力しあっている。政治的側面も重要だ。七つの政党に対してふたつの方向から圧力がかかっている。たとえば、外からの圧力として、一定の問題について各政党が協力することを条件に援助がもたらされる。また、内部からの圧力のほうがもっと重要だ。ムジャヒディンは各派閥のイデオロギー闘争にうんざりしている。第三の側面については、わたしがわざわざ詳しく述べるまでもない。どこにでも、またどこの国にでもある問題だからだ。つまり個人的対立という問題で、これがわれわれの場合、イデオロギー観があまりに異なるためとくに激化しているのだ。この闘争は決してなま易しいものではないし、イデオロギー問題はたぶん、いちばん難しいだろう。西側にいるあなた方はイスラム原理主義者（ファンダメンタリスト）がもっともイデオロギー的だといょうが、かれらはもっともすぐれた戦士でもあるのだ。ほかのどのグループよりも先に戦いを開始したのはかれらだ。イスラム世界のいたるところにかれらの同盟者、信奉者がいるし、長期的には、ここからわれわれにとっての困難が生じるかもしれない。あなた方もここにいる間、この問題について聞かされるにちがいない。われわれすべての心にのしかかっている問題だからだ。もうひとつの主要な戦士のグループは、規模の点では劣らないが団結が弱い。かれらは悲劇的結末になる前にはアフガニスタンに帰りたいと思っているが、そうなればこの国ではさまざまなイスラムの解釈が共存することになるだろう。この種の寛容は原理主義者のあずかり知らぬところだ。興味を引く点は、他のどのグループよりも原理主義グループで内部闘争が激しくなっていることだ。個人的対立から生じる問題は、どんな集団にもある」

わたしたちが問う。「この戦争の戦略的概略を示していただけますか」

「その質問に全面的にはもちろん答えられないし、あなた方もそれは期待していないにちがいない。ひとつには、あまりにこみいっているという点がある。方法こそ違え、わたしはそもそもの最初から、この闘争のなかにいた。この非常にいりくんだ歴史について、一冊どころか数冊の本が書ける。今日お話しできるのは、目下主要な戦いが行われている三地域についてだ。ヘラートとカブール、カンダハルだが、来週になればまた状況は変わるかもしれない。新たな戦闘地域が出てくるだろうからだ。昨年、押しよせる敵の力は五倍になり、部隊も高性能兵器の数も増加した。ロシア人はさらに高度な戦術を使い、冷酷さも一段と増している。敵側の戦闘犠牲者や物質的破壊はかつてないほど大きく、わが方の被害や犠牲者も増大している。アフガニスタンは八〇パーセントをムジャヒディンに、残りの二〇パーセントをロシア人に支配されているといわれる。ひとつの見方としてはその通りだが、軍事的見方からすれば、一〇〇パーセントロシア人が支配しているが、同時に一〇〇パーセントわれわれが支配しているのがアフガニスタンだと考えるほうが役に立つ。どちらの側がどこで次の攻撃を加えるかによるのだ。ロシア人は自分のやりたいようにはやれない。支配下においていると主張する都市のなかでさえも、どこでなにが爆破されるかわからないのだ。幹線道路を自由に往来できない。幹線道路がかれらにとって危険だからだが、われわれも利用できない。だが、われわれの場合はあらゆる種類の地形で行動できるが、かれらにはそれができない。われわれは解放地区を支配しているが、ロシア人は爆撃機をとばし、不都合な場所があれば破壊する。われわれの作物を台無しにし、動物を殺す。食料を壊滅させるという方針を拡大しつつあるのだ。いまこうしている間にも、新たに爆撃された地域から難民が続々と出ている。灌漑設備が故意に破壊され、穀物が焼き払われたためだ。双方がアフガニスタンを支配しているという意味がわかっていただけるだろう。三～四年前に比べて警戒区域の数は増えているが、その大半はすでに取り囲まれ、破壊され、無用の長物となっている。士気はどうかって？　士気は低下している。戦争は長引くのになんの成果もないし、われわれの士気も低下しているからだ。七年間も戦ってきて疲れているし、あなた方の援助も期待できない。もちろん、自分たちはあなた方のために戦っているんだと、ムジャヒディンが主張するのを聞かれただろう。これこそわれわれが戦っている理由のひとつだと、われわれは信じているんだ。物資の補給は非常に困難だ。兵士の装備を整え、糧食を確保するのはなま易しいことではない。去年の冬、われわれは戦闘を中止せずに続行したが、多大の代価を支払わねばならなかった。兵士たちは深い雪のなかをサンダルと夏用の衣服で戦い、とぼしい糧食がつきるまで戦いつづけたのだ。このパキスタンでは、もうこれ以上難民は受け入れられないだろう。われわれはパキスタンにひじょうな恩義があるし、パキスタン人もわれわれを気の毒がって、できる限りの助力をしてくれる。心から感謝している。しかし、いまや村々が新たに爆撃され、難民の群れが入ってくれば、食料も水もないまま死ぬかもしれない。時にはわれわれの手元にもかなりの武器があるのだが、輸送できないために使えない」（カブール近くでソ連側の戦車や銃を奪った隊長の話を、わたしたちは聞いたばかりだった。かれはその武器を全部打ち壊すしかなかった。置き場所がなかったからだ）。「ある種の武器は十分なのだが、他の種類が足りない。どのムジャヒディンも会えば同じことをいったと思うが、地対空ミサイルが必要だし、ほかの人たちではなく、われわれが必要性を感じているものを買うための資金ももっと必要だ。食料も必要だし、医療品も必要だ。それもできるだけ早く、冬がこないうちに欲しい。ムジャヒディンが農民たちから食料をもらっていたこともあったが、いまでは人びとが飢えに瀕しているため、ムジャヒディンのほうからほんとうに乏しい食料を農民に分けてやることも多いという話は聞かなかっただろうか」

「アメリカ人にたいしては、そう、これまで援助してくれたし、いまも助けてくれているので感謝している。われわれに対する多額の援助が承認されたという記事を読んでいるが、この金や物資はどうなっているのだろうか。アメリカはわれわれの闘争を支持すると表明しているし、本気で言っているのだと信じるしかないが、それにしてもこうした援助金や武器の補給がどこへ行くのか捜しだすのは、われわればかりでなくかれらの利益だといえないだろうか。向こうは送ったというしわれわれは受け取っていない。どこか途中に抜け穴があって、物資の大半はそこで消えてしまうのだ。何度も何度も、これこれこういう武器が送られたと、新聞に書かれる。だが実際に送られたとしても、この目で見たことがない。大体において、戦争が軍事と政治の組み合わせであることを、アメリカ人は理解していないとしか思えない。われわれは自分の役割を果たしているし、十分うまくやっているのに、それに見合う支援を受けていないと思う」

わたしたちが質問する。「ソ連が出ていくことはありうるでしょうか」

「ソ連が自分の自由意志でどこかの国から出ていったことなど一度もないのは、もちろん御存じのはずだ。わたしがゴルバチョフなら、これほどの流血とこれほどの宣伝をやっておいて、どうやってやすやすと出ていけばいいかわからないと思う。だが、なんらかの方法がみつかれば、出ていくだろう。出ていきたがっているんだ。かれらがなんと言おうと、われわれが決して戦いを止めないとわかっているんだ。わたしは長年ロシア人といっしょに働いてきたから、よく知っている。兵士としては、第二次世界大戦の際のかれらの抵抗に賞賛を惜しまない。ロシア人は戦士として優秀ではないが、故国を守るとなると強い。兵士としての素質はない。射撃はへただし、あまりに不器用な上に、酒を飲みすぎる。山を登ることも利用することもできず、忍耐もない。装備や車や飛行機がないとどこにも行けない。われわれはそんなものは一切必要としない。ロシア人とアフガン人が一対一なら、かれらはわれわれにかなわないが、一人に対して三〜四人を送りこみ、われわれの手が届かない上空から爆弾を落とすのだ」

「アフガン人同士を戦わせるときは、それほどうまくはやれない。われわれのことを理解していないし、われわれがいうような独立——アナーキイといってもいいが——がわれわれの強さであることがわかっていない。ソ連はアフガン軍に圧力をかけているが、そうした種類の圧力では、政府軍にアフガンの戦闘能力を発揮させることはできない。アフガン軍のイニシアチブをまったく許さないからだ。アフガン軍が優秀な戦士ではないのは、良心の呵責を感じているからだとも思う。なにか大きな計略や計画があっさり挫折したり、失敗したり崩壊してしまう急所というのは、必ずあるものだ」。(ここで、アフガン軍のなかで自分の仕事に満足しているものがどれくらいいるかをめぐって、ベンチにすわっている男たちのふたりの間でちょっとした議論が始まる。「国じゅうでも最大限四万人ぐらいだろう」とひとりがいう。相手はこれにたいし、「せいぜい五〇〇〇がいいところだ。それ以上いればもっとうまくやってるはずだが、まったく役立たずではないか」という)

「ロシア人にはある特性があって、それが不利に働いている。なにかがうまく行かないと、戦術を変えるとか別のやり方をするとかせずに、いままでやってきたことをひたすら押しすすめ強化するだけなのだ。やろうとしていることを駄目にしてしまうことがよくある。硬直していて融通性がない。人の話を聞けない。頑固であくまで我を通す。だが、そうはいってもロシア人が敏感なら、ずっと前に面目を失わずにこの戦争から手を引く道を見出していたにちがいない。しかも、かれらは意志の弱い連中を指揮者に選んでいる。これは長期的にはソ連にとって不利だ。わたしはハジブをよく知っているが、あの男はまったく優柔不断だ。どうやって国を指導できるというのだ。知性もないし、アフガン人の誰にも尊敬されないだろう。アフガニスタンを理解するには、アフガン人ほどこの地上で独立自尊の民族はいないことを忘れてはならない。各人がそれぞれ生まれながらの隊長であり、決してよい家来にはなれないと、かれらをまとめようと苦心しているわたしがいうのは、一種の皮肉をこめていっているのだ」

「あなた方はジハド（聖戦）について必要以上に聞かされるにちがいないが、このジハドという概念は、とかく西側ではあまりに単純化して使われているというのがわたしの見方だ。アフガン人はまず第一に、自分自身のため、家族のため、村のため、同胞のために戦う。こうした理由が組み合わさって戦うのであり、そしてまた宗教のために戦うのだ。『ジハド』ということばを聞いたときは、それに一日に一〇〇〇回も聞かされるだろうが、この『聖戦（ホーリィ・ウォー）』がいかに入り組んでいるか忘れないでほしい」

ムジャヒディンにとって戦闘を中止し、和平を受け入れるのは難しいだろうかと、わたししたちはたずねる。

「そう、それはひじょうに難しい。かれらは生まれながらの戦士なのだ。この戦争が終われば、ある期間、個人や部族の恨みははれるだろう。戦火は次第にやむにちがいない。だが、アフガン人の特性を忘れてはならない。それはわれわれがある政府に忠誠を誓えば、服従もするということだ。将来でてくる政府はひじょうに大きな意見の違い――宗教的かつ政治的な意見の違いを許容しなければならない。だが、戦争前といまとではひとつの違いがある。ソ連が侵攻する以前は、数百人の共産主義者がいたが、ソ連が出ていった後はひとりもいなくなるだろう」

――パブリシティについてはどういう態度をとっていますか。

「わたしは一週間ないし一〇日おきに、アフガニスタンじゅうからとどく情報に基づいて戦略報告を作成している。国のいたるところにムジャヒディンがいるからだ。この報告書を海外に送っているが、西側の新聞には一行も出たことがない。われわれのなかには、ひじょうに苦労してジャーナリストたちをアフガニスタンに受け入れて、情報を与えても、ほとんど見返りがないと思っている者もいる。わたしは個人的には、われわれにはもっと多くのパブリシティが必要だし、すぐれた映画がつくられ、ジャーナリストがすぐれた報告を書けるよう努力すべきだと考えている。とりわけ、もっと多くのジャーナリストにアフガニスタンに行ってほしい。誰もかれもペシャワル付近に行くが、それだけにとどまらず国じゅうを訪れる必要がある。わわれわれが案内できる」

――ある地方のムジャヒディンの拠点についてすぐれたルポを書いたフランスのジャーナリストがいますね。その記事が出るやいなや、ソ連軍がやってきて爆撃したのですが、これについてはどう思われますか。

「あれはたしかに不運だった。あのジャーナリストは軽率だ。ジャーナリストは往々にして軽率だが。長期的に見れば書くだけの価値はあった。あなた方がもっと実情を知っていれば、われわれももっとらくだろう」

この司令官が指摘した要点はすべて、他のどのインタビューでも確認された。たとえば、
問い「アフガニスタン内のソ連兵の数がますます増加しているといわれますが、最近ソ連はその逆のことを主張しているのではありませんか」

答え「かの有名なソ連の逆情報について聞いたことはないだろうか」

また別の司令官「南アフリカで爆破事件があり、九人が殺されたという記事をついさっき読んだ。わが隊が終えたばかりの戦闘では、わが方がヘリコプター一機を撃墜し、戦車六台に損害を与え、ソ連兵三〇人を殺した。ムジャヒディンの犠牲者は五人だった。だがこの戦闘については西側の新聞にはなにものらないだろう。わたしが黒人だったら、もうすこしましだろうか」

カブールへもどるところだというあるムジャヒッドとの会話。かれはこういう。「空腹を鎮める錠剤みたいなものはないだろうか。これがわれわれの最悪の敵なんだ」

この戦争に対する一主婦の見方――（つまりわたしのことだ）「工場をつくって戦闘にもっていける濃縮食品を製造すればいいのではないかしら」

「われわれは戦士なんだ。戦うことしか知らないんだ」

「ナポレオンは、腹が減っては戦はできないといったわ」

「われわれが腹を減らしていなければ、いまごろはもう戦争は終わっている。わたしと部下とは戦闘を終えたところだ。二〇日間も戦ってきたが、食料はつき、草で腹を満たしていたんだ」

「ええ、ええ、わかりました、その話は聞きました。そうでしょうとも。でも、もし小さな工場をつくれば、工場でなくてもささやかな作業場をいくつか、このペシャワルかあるいはどこかの山中の洞窟にでもつくって、濃縮食品を、簡単に携帯できる……」

「誰がつくるのかね」

「そう、たぶん、政党が」

「政党だって！　どの政党がかね。各政党のことなど知りもしないくせに」

「みんなでいっしょにやれば？」

「いっしょだって！　始終争いが絶えないのに！　マスードが最近、自分の政党の本部に冬になるまでに食料を送ってくれと訴えを出したのを知らなかったのかい。なにひとつ送ってこなかったのさ」

「ムジャヒディンは政党なんか無視して、前よりもいっそう協力し合うようになったっていわれたでしょう。だとすれば、あなた方ムジャヒディンが小さな工場か作業場をつくって、そして……」

「いったいぜんたい、なんの話をしているんだね」

「昔、あなた方ご自身の軍隊は、乾燥・圧縮したクワの実をもって行進したんです。カロリーは十分あるわ。もちろん一度に二〇日間は無理でも、三、四日は歩いたでしょう。必要なのは、砂糖、脂肪、乾燥果物、粉――できるだけカロリーをたくさんとること、それにビタミンね――それでこうしたものをぜんぶミックスして圧縮するわけだから、滋養分があるわ。しかもとても小さくて軽いし」

「たいへんけっこう。金を送ってほしい。やり方も教えてくれ。やってみよう」

「いくつか別々の地域でやる場所が要るわ。すきがあればソ連軍が爆破するでしょうから」

「それに、移動できればもっといいわけだ。そうだろう。馬のための濃縮食品がつくれないだろうか。装備も食料も馬かロバに運ばせているんだが、こいつらに食べさせるものがないことがしょっちゅうあって、死んでしまうんだ」

ムジャヒディンとの会話で必ず大きな話題になるのが、政党の問題だ。どの政党も戦士を代表するというが、もはやそんなことはない。海外からの援助はこうした政党を通じて送られてくるが、ほんのわずかな弾薬や食料を手に入れるためにも、ムジャヒディンはこうした政党ととりあえずは同調するしかない。

「戦うのはわれわれだし、ソ連軍との関係を左右するのもわれわれだ。政党はペシャワルに居すわって互いに争い、実入りのいい仕事や車を手に入れ、官僚になってしまった。われわれが明日にでも戦争に勝てば、どの政党もさっさと消え失せるだろう。誰も政党なんぞ欲していない」

わたしたちはハリカト党の指導者アミル・モハマディにインタビューする機会を得た。ハリカト党は、西側との連合、進歩派イスラム、軍事クーデタ以前のアフガニスタンの回復を支持している。そのころのアフガニスタンには、イスラムのさまざまな解釈があふれていた。（それにムッラーたちはその後手にしたような権力はもっていなかった。困難な時代には、政治であれ宗教であれ過激な信仰がはばを利かすことは、誰もが知っている）。このアミルなる人物はムッラーだった。わたしは不安だった。「ムッラー」ということばからごく単純な連想しか浮かばなかったからだ。前に女たちがこぼすのを聞いていたのだ。「ムッラーたちのせいで、難民キャンプでわたしらは手も足も出ないんです。わたしらのすることを指図するし、パキスタンもそれを認めているんです」。(ムッラーがいまほどの有力になった理由のひとつが、まさにこれだった。パキスタンはキャンプ内の治安維持という問題を抱えていた。女性の宿舎には男性は入れないからだ。だが、ムッラーは、きわめて高潔であるから、入ることができる。そこでパキスタンは、ムッラーを使って女性を管理したわけだ)。

わたしはそれまでこうした頑迷で無知な(大半が年寄りの)男たちに会ったことがなく、いまだに出会っていない。だが、わたしのグループの何人かはかれらをフィルムに収めインタビューもして、愕然として帰ってきた。わたしはかつてV・S・ナイポールの『イスラム紀行』(工藤昭雄訳、TBSブリタニカ)を読んで衝撃を受けたが、よく考えてみると、西側に住んでいるわたしにはムスリムの知人も数人いる。(かれらの宗教をほかのどの宗教よりも好きなわけではない)。だがかれらは知的で、こころも広く、進歩的で、イスラムはかれらのような人たちばかりだという。かれらが時節を待っているイランのような国でさえもだ。パキスタンでわたしはほかの人びとに会った。ナイポールのようにまっとうな宗教的背景をもち、経験も豊かで、誰であれ自分の会いたい人と会えるような人物がなぜ、宗教的偏執狂にしか会わないのか、しかもそんなに多くのムスリム諸国で出会うのか、わたしには不思議でしかたがなかった。イスラム世界に進出したおびただしい数の西洋人は、なぜもどってくると、狂信と非寛容しか報告しないのだろう。いまもって西側はイスラム過激派、邪悪なサラセン人のニュースに仰天して楽しんでいるというのだろうか。

　アミルの家はごくふつうの屋敷だが、庭はありきたりどころではない。ジャスミンやバラが咲きみだれ、鉢植えの植物や木影のあづまやもある。オリエンタル風の庭にあるはずのものはすべてそろっている。灌木を背にして低いベッドが置かれ、上に敷かれたわらぶとんには、小さな王座のようにサーモンピンクと紫の布がかかっていた。その前には長いマットが敷いてある。わたしたちはその端で靴を脱いだ。ベッドにはアミル・モハマディがあぐらをくんですわっている。まばゆい白のローブをまとい、テーブルクロスのようなライラック色のチェックのターバンを、優雅な黒と銀の帽子のまわりにまいている。かれは数珠をさげていた。その手を見てわたしは、行動家、実務家の手だと思った。がっしりと強そうな手だ。

　わたしたちは「見てくれの文化」のなかで暮らしているといわれる――ますます見た目で人を判断するようになっているというのだ。（人びとはますます、外見に合わせてふるまうようになっているとわたしは思う）。ムッラーにたいする自分の反応から、わたしはそう痛感させられた。十八世紀のバルカンの山賊みたいなこの人物が、洗練された態度で世界情勢について語るのを見て、受け入れ難いとは思わなかったけれど、かれはふつうの西洋人が考えているムッラーとはほど遠い人物であると聞かされていたとはいえ、およそありそうもないという感じと闘わなければならなかった。イスラムについての本はかなり読んだので、基本的な考え方や歴史、歴史上の偉大な人物についてはある程度知っている。だからアミルなる人物がルーミーやガザーリーの絵にそっくりで、まさに中世の聖人のイメージそのままでも、驚きはしなかった。だが、かれは現代の男性でもあるはずではないか。わたしは無知な西洋人式に、かれのこの外見は、さほど洗練されていない信者たちに強い印象を与えるために考案された一種のPRではないかと思った。だが、パキスタンから帰って、何人かのムスリムの友人にそうではないかと聞いてみると、一様に「そんなことはない。わたしの父もあんなふうだ」とか「PRなんかじゃ決してないわ。わたしの伯父だってああですもの」という。そこでわたしは、一部のキリスト教の宗派が、ルネッサンス時代の王子みたいな服装で儀式を行ったとしても、驚く必要はないのだと考えた。それにいまでも中世の農民の衣服を着ているキリスト教の教団だってある。

アフガンの歴史についてのアミルの序論的解説は、つぎのような結論で終わった。

「わたしが抵抗運動を始めたいきさつは公式の記録にのっている。わたしは友人ふたりとクエッタ経由で出てきた。われわれはまったくの一文なしだった。学生のところへ行き、戦わないかといったのだ。ゲリラ集団を訓練して、防備をかためた警察署八ヵ所を襲撃した。このニュースがアフガニスタンじゅうに嵐のようにひろがり、抵抗運動が開始されたのだ」

長いインタビューだった。わたしがとくに強い印象を受けた答えがいくつかある。

「ソ連の侵攻がなければ、アフガニスタンは現在どうなっていたでしょう」

「自由になっていた。これが重要なことではないかね。そんなことを聞くほうがおかしい。アフガニスタンに自由はないんだ。ロシア人の下では人権はまったく認められない。ある国がこの分野で進歩すれば、それは全世界の進歩だ。ある国で法の支配が撤廃されてしまえば、全世界にとっての損失なのだ。アフガニスタンはあらゆる点で逆コースをたどっている。前は法律でも人間の自由、報道、通信、教育、すべての面で前進していたのだ。この国はすでに近代化されつつあったし、外国で教育を受ける若者も増え、技術的訓練を受けたエリートも出現しつつあった。すべてが急速に変わっていたのだ」

ついでアミルは、イスラムについて、いかにアフガニスタンが進歩的なイスラム国家のモデルとなりえたかについて、長口舌をふるった。「イスラムはアフガン民族主義と深いつながりがあるし、戦争がそのつながりをさらに強めてきた。ふたたび自由をとりもどしたら、他のどのイスラムにも依拠しないつもりだ。わが国ではスンニ派もシーア派も互いに協力していて、ほかのイスラム諸国のように分裂していないことを覚えていてほしい。ソ連侵攻以前のアフガニスタンは、決して狂信的な国ではなかったのだ。狂信的グループはあったが、力はなかったし、概して尊敬もされていなかった」

わたしたちが質問する。「ソ連はアフガニスタンの女性を解放したと主張していますね」

答え。「ソ連侵攻以前だって女性は自由になりつつあった。自分が望めばベールをかぶることができたし、そうする女たちもいた。さもなければジーンズとセーターでもよかった。農村部の女たちはほとんどベールをかぶっていなかった。北の方にいるタジクやモンゴル、ウズベクなどなどの女たちはベールをつけていなかったし、そんな伝統もなかった。女性の状況を変えるのはイスラム自身のためではないか。ある国が他国の政策を承認できなければ、侵略する権利があるとでもいうのか。歴史的にみて、イスラムは女性の立場を改善してきたのだ。ある種の法律は歴史的な文脈で見る必要がある。女性に関するかぎり、西側のあなた方がひどい状況から脱してきたのはせいぜいここ半世紀ほどなのに、どうもそれを忘れているようだ。イスラムには事をすすめるにふさわしい基盤がある。虐待が行われているとか、行われてきたことを理由に、われわれを攻撃することはできないのだ。イスラムが女性を抑圧しているということと、男が女を抑圧しているということは別の話なのだ（傍点は著者）。ロシア人はあらゆる人を抑圧し、変革の希望などかけらも与えない。われわれは希望を与えるし、変革の基盤を提供する。共産主義はいたるところで少数集団や宗教を抑圧しているが、誰もそれに異議を申し立てない。女性だけが被抑圧者なのだろうか。イスラム自身の改革も行うつもりであるし、世界はわれわれを助けることができる。アフガニスタンの女性解放は、決して家を破壊し子どもを殺すようなやり方ではない」

「現在の戦況をどうみていますか」

「あなた方は逆の話を聞かされているだろうが、戦争はひじょうに順調に進んでいる。しかし、地対空ロケットが足りない。われわれはあなた方のためにも戦っているのだ。われわれはどこからでも武器を手に入れるが、ソ連軍を撃墜するためのロケットを、ソ連軍から手に入れることはできない。その他の種類の武器ならほとんどなんでも、ソ連軍から奪いとる。だが、ロケットは奪えない」

「ソ連は子どもたちを連れて帰って、思想教育をやっています。これはかなり進んでいるのですか」

「アフガニスタンでロシア側のために働くよう訓練され、情報を与えられているのだが、帰ってきて自分の目で見れば、全部ウソだとわかるにちがいない。ソ連化したアフガン人はごく少数しか残らないだろうし、かれらがよいアフガン人にならなければ、考えを変えさせようとする力が強まるだろう。しかしそれでも変わらなければ、両親が殺すだろう。アフガン人は長期的に考える。『これはわたしの子どもだ』とはいわず、『悪い人間だ』という。両親にとってはつらいだろうがやはり殺すだろう」

「この国を近代化しているというのがソ連の主張ですが」

「ムッソリーニは時間どおり走る汽車をつくったし、ヒトラーは完全雇用を実現した。だがいまではだれもがこのふたりの指揮者を称賛しない」

「自由を失ったお返しとしてなにか得るものはありましたか」

「ジェノサイドだ」

「国民のなかで共産主義者の割合はどのくらいでしょう」

「ソ連が侵攻してきた時点で、アフガニスタンに七万五〇〇〇人の共産主義者がいたとすれば、これはわれわれの議論の的なのだが、われわれはすでに五万人を殺した。まだ五万人残っているとしても、どんどん殺している」

わたしたちはあとで、このアミルなる人物について長々と論じあった。アフガン人がいう。

「あのアミルは旧家の出で、詩人や学者もたくさん出ているけれど、軍人の伝統もある家系なんです。これはアフガニスタンではべつに珍しい組み合わせではありません」

いったいなぜ、かれはムッラーになったのだろう。

「ムッラーになるといっても、宗教者になるわけでも、西洋的感覚でいう『神に召し出される』わけでもないのです。ムッラーとは律法や伝統を教える教師です。こういう旧家の出の男性がムッラーになるのはごく自然でした。アミルは何年も前に、選挙で選ばれて議会入りし、その後、上院議員になりました。上院議員は選挙ではなくて、任命されます。賢人会議のようなひとつの諮問機関です」

別のアフガン人は小ばかにしたようにこういった。「アミル・モハマディは議員にならなきゃ自分の意見を聞いてもらえなかったんですよ。昔のアフガニスタンではムッラーというだけでは十分じゃなかったから」

ペシャワルの七政党は、亡命政府のような組織をもち、そのようにふるまっている。援助も武器もそこを通してくるが、そのためにどの政党も力量以上の権力をもつようになった。わたしたちが会ったどのムジャヒッドも、アフガニスタンじゅうで戦っている男たちは政党はもうたくさんだと思っていると、口をそろえていった。たとえば、わたしたちがある党の本部にいたときのこと。ひとりのムジャヒッドがやってきて、誰かドイツ語を話せる人間はいないかと聞いた。父親と兄弟がジハドで戦っていた間、自分はドイツで働いていたのだという。父親が殺されたため、兄弟に呼びもどされ、数ヵ月ムジャヒッドとして戦ってきた。政党本部は快適な建物で、優雅なブルーの透かし彫りのある白い壁にきれいな庭のある、むしろ女性的なスタイルだ。園遊会や夏にのんびりおしゃべりを楽しむにはぴったりのすてきなところだ。だがいまやアフガニスタン全土からやってきた戦士、ムジャヒディンであふれ返っている。真っ白の車がやってきて、ムッラーがおりてくるのが見えた。「ほらほら」と友人のひとりがいう。「われわれの金がああやって使われている。ムッラーたちの自家用車や役得になったり、相棒に仕事をやらせて金は消えてしまう。われわれ戦士が武器弾薬を受け取りにやってきても、ムッラーたちがああしてまっすぐインタビューにいってしまう間、待っていなきゃならない。一日じゅう待ったあげく手に入る弾薬は、二週間しかもたず、その後はまた戦闘を中止して、長い間待たされる」。そして、わたしたちはまた何度も何度も同じ話を聞かされる。「なぜわれわれを支援してくれないのだ。なぜ武器をくれないのだ。あなた方が十分援助してくれさえすれば、戦争はほんの数週間で終わるにちがいないのだ」

アフガニスタンのなかでは、各政党の抗争する諸グループが次第に協力するようになっている。政治的な主義主張をまったく異にする各指導者が、緊密に提携しつつ運動を進めようとしているのだ。ある人にいわせれば、「マスードは徐々に、アフガニスタンの中心部全体に団結を押しつけつつある」。

ペシャワルの各政党内部では、派閥争いや傲慢さに反感をもつ人たちが増えており、そのなかには高い地位にある人もいる。こうした人たちは、派閥の壁を破ろうと努力している。実際に戦っている男たちの間では、アフガニスタンのなかでも外でも、協力関係が強まりつつある。

アフガニスタンの女性戦士に会いたいという願いを、忘れたわけでは決してなかった。だが、ある種のインタビューの雰囲気は、とてもそうした問題を出せるものではなかった。わたしたちの問題はこれだけにとどまらなかった。インタビューは、ことごとくといってよいほど「インタビュー」という言葉の解釈の違いで苦労させられた。わたしたちからすれば、質問があってそれに答えてもらうのがインタビューだが、まずえんえんと説教を聞かされた後で、ようやく質問できたのだ。それはかれらの孤立感、無力感のせいだった。ある指揮官はそれをこう表現した。

「まるで、われわれがいくらあなた方に向かって助けてくれと叫んでも、その言葉は風に流されてしまうようだ」

あるインタビューの際にわたしが書いたメモにはこうある。「Xはまだしゃべっている――一〇分間しゃべりづめ」「一五分たっても、まだえんえんとしゃべりつづける。終わりそうにない」「三〇分すぎた」「四〇分たった――まだしゃべっている！」「やっと終わり！」

こうした必死の、胸の張り裂けるような訴えは、要約すればつぎのようになる。

1　戦争はムジャヒディンに有利に進んでいる。なにもまずいことはない。西側のわたしたちが得ている情報は間違っている。

2　勝利するまで戦いつづけるつもりだ。
3　西側はなぜ、助けようとしないのか。地対空ミサイルはどこにあるのだ。
4　食料が要る。ソ連は作物を焼き払い、畑も灌漑用水路も破壊している。

たばこの煙でかすむホテルの部屋で、政党事務所の部屋でコカコーラを飲みながら、そしてなぜ西側がムジャヒディンを助けないのかという議論を聴きながら、ひたすら時間が過ぎていく。わたしにとっていちばんつらいのはこう言われることだ。「ソ連がどれほど野蛮か、なにも知らないにきまっている。知っていたらわれわれを助けてくれるにちがいない」。これを聞くと、わたしはかつての南ローデシアを思い出す。くる年もくる年も、何十年間もの間、アフリカ人から同じことを聞かされていたのだ。「われわれがどんな扱いを受けているか、英国の兄弟たちが知っていれば、きっと助けてくれるはずだ」と。こう語った男たちは、闘士たちの先駆者だった。その後まもなく舞台に登場したこの闘士たちは、いまでは前世代のことを「アンクル・トム」といって軽蔑するが、これは不当だとわたしは思う。誰もかれもが同じ意見をもつ重要な運動に参加することと、孤立することとはまったく別の話なのであり、こうした男たちのほとんどはやはり孤立していたのだ。自分たちは正しいという知識でかれらは武装していた。英国がかれらの土地を盗みとっておきながら、英国の人びとはかれらの権利、アフリカ人の権利を尊重すべきだと明言していたからだ。そこでかれらは無邪気に、しかもあくまでも頑強に、繰り返していたのだ。「英国の兄弟たちがわかってくれさえしたら……」と。

英国の兄弟たちはかれらのことなど鼻もひっかけなかった。わたしが南ローデシアから出てきて、南アフリカや南ローデシアで白人が黒人をどう扱っているかを人びとに語ろうとすると、やはり世論を変えようと努力していた五〜六人の人たちともども、「アカ」だとか「共産主義者」、「進歩派」——南アでは昔から人を中傷することばだ——あるいは「トラブルメーカー」などなどとよばれる羽目になった。わたしたちは恩着せがましいことをいわれたり、こきおろされたり、笑い者にされた。南ローデシアの状況の論議となると下院は空っぽになった。南アフリカについては、ある限られた人びとの間で批判の声があがりはじめていた。これはひとつには、いくつかの小説が書かれたせいでもある。たとえばアラン・ペイトンの『叫べ、愛する祖国よ』などだ。だが、南ローデシアは、英国の植民地ではないのか——もちろん、われわれはよくないふるまいはすべきじゃない！　誰がだって？　われわれイギリス人がそんなことを？　だが、わたしにはますますいぶかしく思えてならないのだ。一九五〇年代の初めに警告の叫びをあげていた少数の声に、もし人びとが耳を傾ける用意があったとすれば、——その後の惨事は防げただろうかと。たとえば、七年におよぶ南ローデシアの内戦は防げただろうか。防げたと、わたしは考える。一〇年後、南アフリカの白人政権への批判は、「一般的意見」として効果的に語られるようになったが、そのときにはすでに遅すぎたのだ。「西側の人びとがアフガニスタンのわれわれの苦境を知ってくれさえしたら――」。西側の動機について、これほど無邪気な判断だけが行われているわけではない。

「米ソの間には秘密の了解があるのだ。ロシアは南アメリカをほうっておくという条件で、アフガニスタンでわれわれに対しやりたい放題やれる。それが米国のグレナダ侵攻の原因だ。ソ連が一線を越えたために、懲罰を加えられたのだ。この秘密の協定を守らなかったわけだ」。こう分析したのはロシアの毛皮の帽子をかぶったムジャヒッドだった。二週間前、カブール近郊でソ連兵を殺した際に奪いとったのだという。

　いくたびもの戦闘でうけた傷痕もなまなましく、数本の指も「おもちゃ」爆弾で吹き飛ばされたというムジャヒッドの意見。「われわれがソ連をここアフガニスタンにしばりつけているのは、アメリカにとって好都合なのだ。ここで動きがとれない間は、なにか他のことを始めるのを躊躇するだろう。われわれの闘いが力の均衡を保たせているのだ。われわれがソ連をアフガニスタンから追いだしたらどうなると思うか。またも別のところでちょっとした冒険をはじめるに決まっている。中国国境での戦闘もありうるし、ヨーロッパへいささかの遠征を試みるかもしれない。ヨーロッパはアメリカと同じで、分裂しているため弱体化している。たぶんスウェーデンあたりかもしれない。スウェーデンは長年中立を保ってきたので無防備になっていされる。ロシアの熊（ソ連の巡航ミサイル）がフィンランドに侵入したとき、さんざんに打ちのめされた。ノルウェー人がドイツ人相手にどう戦ったか見ていたのだ」

ハリカト党の事務所で、あるムジャヒディンはこう語った。「アメリカが十分な援助を送ってくれてたら、いまごろは戦争が終わっていたのは明らかだが、それでもアメリカは援助しようとしない。なぜか。アメリカはいまだにベトナムにすくみあがっているのだ。アメリカのなかでこういう声がきこえてくる。もしこの小国のアフガニスタンが、ベトナム人よりももっと貧弱な武器しかないのに、ソ連を打ち負かすとなると、われわれ（つまりアメリカ人）はソ連よりも劣ることになってしまう。アメリカ人のなかにこうした考えがあるのだが、おそらく自分では意識していない。だからアメリカは故意にこの戦争を低い水準にとどめようとしているのだ。アフガニスタンでソ連が勝利するのは困るものの、われわれにも勝たせたくないのだ。われわれが勝利すれば、対共産主義戦争では初めてのことになるだろう。しかも、みすぼらしいムジャヒディンの群れが勝つとなれば、アメリカの面目は丸つぶれだ。根本的問題は、米国が分裂しているのに、ソ連はまったく分裂していないことだ。ソ連は世界帝国主義大国であり、欲しいものはなにか正確にわかっている上、どうやって手に入れるかも知っている。ソ連は抑圧とウソによって成果を収めるのだ」

一団のムジャヒディンがホテルの木陰の芝生にすわっている。総勢九人。ハリカト党ではない別の党に属している。顔立ちがそれぞれまったく違うことに、わたしは改めて感心してしまう。アフガン人が説明しはじめた。

「アフガニスタンは起源もまちまちな多種多様の民族が集まった国だ。必ずしも互いに好意をもっているわけではない。だが、互いに干渉しない。スコットランド人、ウェールズ人、イングランド人といった関係に似ていなくもない。あなた方の場合も互いにそれほど好意をもってはいないが、争いもしないだろう。遊牧民、たとえばクッチー、モンゴル、トルコマン、キリギス、ウズベク、などなどは、それぞれ別の民族だと思っているが、侵略者にたいしては団結して戦っている」

この一団はカブール近くでの戦闘からもどったばかりだった。明らかに戦いに疲れきっている。

かれらが到着したとき、わたしたちはガーディアン紙の記事をめぐって論議の真最中だった。ジョナサン・スティールという記者のルポが三回にわけて掲載されたのだ。この記者はソ連側に招かれ、ソ連側が語ったことをすべて鵜呑みにしていた。ロシア人が何世紀も前からうまく利用してきたポチョムキン村のトリックまで信じこんでいたのだ。（カテリーナ二世時代の将軍で、女王のお気に入りの愛人でもあったポチョムキンは、宮廷人や外国人が旅行する道沿いのみすぼらしい貧しさを隠すために、見かけだけ繁栄している村をつくるのを常としていた。最近のロシア人はだまされやすいジャーナリストにいまだ損害を受けていない地域を示し、ここがジャーナリストが質問しているこれこれの地域だなどというが、実際にはその地域は爆撃され、破壊されている)。

ガーディアンが親ソの立場をとるとは驚きではないか。そんなことはない、とわたしはいった。ガーディアンはいつだって逸脱しがちなのだから。かつて中央アフリカ連邦という構想があった(いまでは忘れられているが、当時は焦点のひとつだった)。南ローデシアと北ローデシア、ニアサランド(現在のジンバブエ、ザンビア、マラウィ)を合併することで、自分たちの地位を守ろうとした白人の最後のあがきだったが、ガーディアンは熱狂的にこの構想を支持し、当然そうした態度が予想されるいくつかの新聞に同調した。

そのため今回のような環境で、ガーディアンが他の西側の新聞といっしょに話題にのぼるなどというのはありそうにないことだと、わたしには思えた。

ひとりのムジャヒッドがいう。「驚くことはないじゃないか。英国は人びとを『文明化』する権利があると主張して、世界の半分を侵略した。われわれをも文明化しようとした。いまや英国はかつての帝国を失ったが、帝国主義までやめたわけじゃない。ロシア人は侵略し破壊する際、それを『文明化』であり『近代化』だという。ヨーロッパの帝国主義諸国がやったのとまったく同じだ。だからこそガーディアンみたいな新聞はロシア人を支持するんだ。英国はもはや自分だけでは帝国主義国になれないが、ソ連を介して、帝国主義的態度を支持することはできる」

ハリカト党の教育大臣とのインタビューは、いつもの通り援助の要請と自分たちの英雄的姿勢の表明から始まった。それからかれはこう語った。「もし明日、われわれが勝ったとしても、アフガニスタンを問題なく動かせるだけの人材はある。難民キャンプやムジャヒディンのなかではあまりに多くの才能や技術や専門知識がむだになるばかりだ。だが、あと一〇年われわれがこの戦争に勝たなかったら、子どもたちが新しい技術教育を受けられないため、われわれはひじょうな苦難に直面するだろう。そう、たしかに一部の子どもたちは援助を受けているが十分ではないし、ひじょうに多くの才能が無駄になろうとしている。パキスタンはわが国の子どもたちを助けてくれているが、満足できるほど十分なことはできない。パキスタン自身たくさんの問題を抱えているからだ。この国は裕福ではない。ペシャワルやクエッタにある政党はいずれも学校を運営しているが、これもまた十分ではない。どこの政党も教師にまともな給料を払えない。難民キャンプでは親たちがなんとか助けようとしているが、かれらには金がない。ここにひとつの問題がある。難民キャンプ内の教育という問題だ。難民キャンプには大勢の子どもたちがいることを忘れてはならない。どの家庭もたいてい、四人から一〇人くらいの子どもがいるし、この子たちが教育を受けていないのだ。アフガニスタン国内の解放区にも問題がある。旧いパターンの初等教育のネットワークはたしかにある。モスクの学校や宗教の学校その他だ。だが、中等以上の教育はない。中等学校を建てても、ソ連が爆撃するに決まっている。ソ連はいつだって学校や病院を爆撃するのだ。論理は通っている。教育のある人口が増えては困るし、負傷したムジャヒディンが回復されても困るのだ。だからこそ学校や病院を爆破するわけだ。だが、いまようやくいいことが起こりつつある。ペシャワルの各政党が協力するなら、解放地域の学校の数を増やすためいくらか資金援助をすると、米国がいっているからだ」

「その意見に、つまり各政党はみな、協力することに賛成すべきだという意見に同意なさいますか」

「もちろん、わが党は賛成している。解放地域では、あらゆる政党の子どもたちを、わが党の、つまりハリカトの学校に受け入れている。アメリカがこういう条件を出したのはひじょうによろしい。だが、かれらが送ってくれる援助は十分ではない。そこで他の諸国もアメリカと同じくらいの教育援助を送ってくれれば、おそらくわれわれの困難も終止符を打つことができるだろう」

難民が食料の給配を受け取るには、これらの政党のいずれかに登録しなければならない。ということは、政党に所属していない人びとは登録もできず、飢えに瀕するということになる。あるいは、身内の者に養ってもらうしかないが、身内もすでに喰うや喰わずなのだ。はっきりいえばこういうことになる。いちばん独立心の強い人びと、党による定義づけをいやがる人たちは、飢えてしまうか、あるいは自分の生活を守り子どもに食べさせるのが途方もなく難しくなる。

こうした難民がみんなキャンプにいるわけではない。ペシャワルの市内に落ち着き場所を見つけた人びとの許で、わたしたちは数日過ごした。空き地に自分たちでウサギ小屋みたいな泥の家を建てたり、街路の片隅になんとかおさまっている。

住みついた人たちは「ペシャワル体験」として慣れっこになってしまい、楽しんでいるふうさえあるごたごたが、すぐに始まった。アフガニスタンの女性戦士も、彼女たちについてのニュースですら、いぜんとしてつかみどころがなかったので、わたしたちは教育のある女性たちにインタビューして、フィルムに収めることにした。ある若い男性がわたしたち一行の世話係を命じられていて、なんでも見せてくれることになっていた。（かれはムジャヒッドだったが、キャンプにいる家族の面倒を見るために戦闘から送り返されていたのだ）。かれによれば、レオンもふくめてわたしたちの誰が女性たちの映画を撮ろうとなんの問題もないという。そこでわたしたちはかれに伴われて問題の場所へとでかけていった。到着すると靴を脱ぎ、五～六人の男たちにすわってあいさつをする。そこで女性三人だけが女性の部屋に案内された。ふたつの小部屋と中庭がある。なにもかも貧しく清潔で乏しい。アフガン風に壁の前にはクッションやマットレスをおいている。しっくいと煉瓦の壁はどこもかしこも白く塗ってある。若い女性がふたりと老女がひとり、それに大勢の子どもたちがかたまって、わたしたちを歓迎し、話したくてたまらない様子だった。ムジャヒディンと話をすると、いかに自分たちが勇敢で英雄的かを一方的に語るので、いつも問題が起こるのだが、女性たちと語るときはそんな問題は起こらない。どんな生活か、どれほど悲惨で恐ろしいか、どんな苦労をしたか、いまもどれほど苦労しているか、女性たちは前置きなしに話しだす。涙を流しながら、ジャーナリストがぜひ知りたいと思うような話をする。こうした話は男性からはなかなか聞けない。

この一家は四年前に山岳地帯を越えてやってきた。女性と子どもばかり残った村を、ソ連軍が爆撃したのだ。男たちは戦いに出ていた。「わたしらの村にはなにも残っていなかったんです」と彼女たちは語った。「家には食料のたくわえを入れておく地下室があったんです。家は爆撃されましたけど、そこに降りていたので助かりました。一〇〇人ぐらいの人たちがいっしょに村を出たのですが、うちはこの子をいれて七人の家族がいました」（今年九歳になるこの聡明な少女ナダラは、そのときの恐ろしい旅のことを全部おぼえているという）。「雪と氷ばかりで水はなく、子どもたちの舌が水不足のためはれあがったほどです。二週間かかったのですが、ソ連軍の爆撃はずっとつづいていました。昼も夜もなしに急降下爆撃するんです。このひとは」と、片方の若い女性をさす。「赤ん坊を抱いて馬にのってたんですけど、ソ連の飛行機が低空飛行したかと思うと、血の流れるのがわかったんです。赤ん坊の血でした。このひとは馬から落ち、赤ん坊は死にました。凍傷で足をやられた人もたくさんいます。いっしょに村を出た一〇〇人のうち、山を越えてパキスタンまでたどり着いたのはたった一〇人です。いまわたしらはここに住んでいます。男たちは後からさがしにきました。数週間たってからです。そこで、わたしらが無事だとわかると、ムジャヒディンといっしょに戦うためにでかけていきました」

話をしたのは年長の女性だった。涙を流し、笑いこけ、急降下する飛行機や戦車や、銃撃や砲弾の音を真似しながら語る。生気と怒りにあふれている。わたしたちはみんな寄りそってすわり、子どもをもつ女たちどうし、お互いのことがよくわかったし、女たちだけで話がはずんだ。ファルシー語の通訳がいたけれど、通訳なしでもうまくやれたにちがいない。

礼儀を失しない程度の時間が割り当てられていたので、わたしたちは写真を撮らせて下さいと頼んだ。そのとたん、いかにも気のり薄気で不安な様子を見せた。ふたりの若い女性は夫がその席にいないし、許可を与えるのは夫なのだという。ひとりは明らかに夫をこわがっている。

気まずい瞬間が流れたが、おしゃべりはつづいた。いまの生活はせせこましくていやだという。村でのゆったりした生活はまったく縁のないものになってしまった。

そこへ、突如としてふたりの男、つまり夫たちが姿を現し、雰囲気は一変してしまった。夫のひとりは教師で英語もすこしわかる。ごく最近までアフガン政府軍で戦っていたが、四〇〇人の兵士とともに、カラシニコフと六台の戦車を奪って脱走した。そのうちの数百人がペシャワルにきた。もうひとりの夫は、わたしたちにとってペシャワルの欲求不満、さらには「ペシャワル体験」そのもののシンボルとなった。アフガン人にしては背が低くやせぎすで、きびしい陰気な顔つきをしている。疑い深くていばり散らす。こわがられた方の夫だ。そこで女たちは突然姿を消し、ベランダに出たりそのそばで窓の外を眺めたり、狭苦しい台所で料理を始めたりする。顔もベールですっかりおおってしまった。その後へ男たちが、わたしたちのそばのベランダにすわって、子どもたちを膝や肩にのせる。誰の目からみてもとてもいい父親なのだ。若い女性はふたりとも妊娠している。ふたりとも赤ん坊に乳をふくませ、もっと大きい子どもたちもいる。このアフガンの美女たち、おなかが大きい上に乳もよく出て、幼児にまつわりつかれている女たちは、傷つきやすいので守ってもらう必要がある。男の目から彼女たちを見ればすぐにわかる。西欧でははるか昔のものとなった家族生活を、わたしたちは眺めていたのだ。産児制限と女性解放運動によって過去へ吹き飛ばされてしまった家族の生活。所有欲が強く腹をたてている看守のごとき夫、好色な目をした夫は、旧い流儀のよい父親でありまたよい夫なのだろう。女房孝行で、嫉妬深く、性的で、あれこれ要求しながらすべてをつつみこむ夫。

わたしたちのように解放された女でも、弱い部分をもつ場合がある。夢を見たりする――そう、本物の旧式の夫を夢見たりする瞬間もあるのだ。残念ながら、両方をもつことなどできない。ケーキはもったままでいるか食べてしまうかしかない。わたしたち流の親しい友だちのような男たちもその生活も、この、妻に怖がられながらも女房孝行の警官といったものには決してなりえないだろう(この夫は実際に保安隊に身をおく警官だった)。友だちみたいな男たちは決して、自分の女たちを貪欲で荒々しく、怒りに燃える要求で囲いこんだりはしない。もしそうするとしても、長い間うまくやり通せはしない。「自分をなんだと思っているの。まるでヒトラーじゃない」。こういわれれば確信を失い、すぐにふらふら出ていく。本能の奥底から本気で関わったことなどないのだ。あの小さなベランダでわたしが眺めていたのは、西洋の女の体験の対極だった。熱情的で性的な夫。子どもは多ければ多いほどいい。

だが、それはまるで暑苦しい小さな牢獄をのぞきこんでいるようでもあった。

わたしはこんなことをあれこれ考えていたのだけれど、――そこにいたアフガンの男や女たちがそれを知ったら、なんというまのぬけたことをと、思ったにちがいない。男たちは長々と、ジハドについて、ロシア人について演説をぶっていた。ソ連は少なくとも一〇〇万人の民間人を殺したことを知っているか。実際の数はもっと多いにちがいない。ここにいるこの女や子どもたちだって死んでいたかもしれないのを知っているか。パキスタンには少なくとも三〇〇万人、たぶん四〇〇万近くの難民がいるのを知っているか。イランにいる一〇〇万、たぶん二〇〇万人の難民についてはどうだ。こういう事実を知っているか――。

若い女性を映画に撮れないなら、年長の方はどうでしょう。かまわんとも。――かれらは寛大に許してくれた。

そこでわたしたちはパブリシティについて説明を始めた――「イメージ」、宣伝、情報とはどういうことかについて。この人たちはなにひとつ理解しなかった。まったく関係のないことだったのだ。

「なぜ、同じ話をさせたいんですか。いまお話したばかりじゃないですか」と、老女がしごく当たりまえの質問をした。

「アメリカの人たちにあなたが話しているところを見せたいんです。あなた方の身になにが起こったか、なにも知らないんですから」

「ロシア人が村を爆撃しました。それで山を越えてきました。それで――」だが、今回の彼女の話し方はひどく機械的だ。

突然、わたしたちのひとりがたずねた。「アフガニスタンのお宅のことを話して下さい」するると老女はわっと泣き出し、カメラのことなどすっかり忘れて、こんなふうに嘆き、あるいは詠唱をはじめた。「ああ、アフガニスタン、アフガニスタンこそわがいとしのもの。わが家が恋しい、ふるさとが恋しい、アフガニスタンが恋しい」。世界じゅうでこの言葉をどの国民よりも理解すべきなのはソ連人であるというのは、まさに皮肉だと思う。なぜならソ連はかれらの故郷、ラディーナ（祖国）への前進を決してやめようとしないのだから。

教師が小さな男の子を差し出す。男の子は手に粗雑な木製カラシニコフを持っている。「ダダダダ……」と撃ちまくり、「自由と死を」と叫ぶと、父親が「自由か死か」だと言い直しを命じる。

「ソ連がいる限り、われわれは戦う」と男たちと老女と子どもたちがいう。わたしたちがその点をわかっていないと困るから。

レオンはついにこの一家の撮影にはこなかった。その間、かれは外の部屋でカブールの学生だったというふたりの若者と話をしていた。ふたりともパキスタンの大学に入れないのだという。「いまじゃいくらでも時間がある。ごらんの通り、自由の身だ」と笑いながらいう。ふたりとも若い女医の兄弟で、診療所で働くこの女医は難民の女性や子どもを診ている。女医が一家全員の生活を支えている。そして女性を撮影しても「なんの問題もない」と請け合った若者はどうしたのだろう。どこかへ姿を消してしまった。

わたしたち女性は女医の部屋に行く。その部屋はわたしが貧しかった頃を思い出させる。家具ひとつない白塗りの部屋で、床には安っぽくてかわいらしい着色をしたマットが敷いてある。壁には雑誌から切りぬいた写真が貼ってあり、あざやかな色合いのベッドカバーがかかっている。壁にそって置かれたマットレスやわらぶとんの上にすわる。わたし以外はみんなゆったりとあぐらを組む。わたしはどうしてもあぐらが組めない。部屋のなかはむし暑い。女医の父親がかつてカブールでウール製品の工場を経営しながら、ひそかにムジャヒディンを援助していた。共産主義者がこの父親を投獄しようとしていると召使いたちが聞きこんで、警告しにきた。父親は家族を連れて逃れた。「そして、山を越えてここにきたのです。ソ連軍の爆撃を受けて――」

母親は会計士で、アメリカで働いている。家族全員が外国へ行ったことがある。若い女医の話では、カブールでは自由に生きていたし、洋服を着て、勉強も仕事も自分の好きなようにやっていたという。いまではパルダ（女性隔離の習慣）に従わねばならず、ドアから顔を出したとたんベールをかぶらなければならない。本をとりに図書館へ行くこともできない。兄弟にとってきてもらうしかないのだ。夜になると本を読む以外、なにもすることがない。「ほかにわたしたちになにができるでしょう」。わたしがあくまで厳格で禁欲主義的なパキスタン精神に影響されてしまっていることがそこで判明する。「あなたがたが行けるカフェやレストランや劇場すらもないの」とたずねるのに、まるで「売春宿に繁々いらっしゃるの」と聞いているような気になったのだ。ほほえみで答えた女医には、この質問の滑稽さも、わたしがその滑稽さを意識していることもわかっていた。

難民キャンプはたいてい、迷路のような小さい部屋で構成されていて、運がよければ、部屋から小さな中庭に出られることもある。壁はふつうは泥だが、時には白塗りの場合もある。あるいは数百のテントが並び、それぞれまわりは低い泥の壁に囲まれている。パルダの様式から、どうしても男性用の表の部屋が必要となる。男性客があるときは、女性はそこへは入れない。そしてこの様式は可能なかぎり守られている。どの部屋もせまくるしく、壁のまわりのわらぶとんと、食料や所持品を入れておく棚以外なにもない。まさにどん底の貧しさだ。子どもが多いのはどこでも変わらない。ここで女性たちは、政党からわけてもらうわずかな配給でなんとか暮らしている。男たちは戦いに出ていて、たまにやってくる。

一家族ないし数家族をまとめて、ひとりの男性が面倒をみている場合もある。マスードやハカニ、その他の司令官たちが、ムジャヒッドに対し、戦線を離れて家族を世話しにいってこいと指令しているという話を何度か聞いた。

援助や食料を受け身でもらうだけなどとはとうていいえない。ペシャワルにはいろいろな種類の小商売をはじめたアフガン人がいくらでもいる。ペシャワルの旧市場では、食料やあらゆる種類のアフガン製品を売っている。壁かけやカーペット、真鍮製品、衣料、さらに死んだソ連兵の悲しい形見もある。毛皮の帽子や縁なし帽、赤い星のバッジ、ベルトなどだ。こうした物資は、手紙や故郷のニュースと同じように、馬やロバでアフガニスタンから絶えることなく運ばれてくる。継続的な行き来はつづいているのだ。アフガン人がこれほど企業心に富んでいなかったら、パキスタン人もさほど不安は感じないのではないだろうか。アフガン人が自分たちの仕事を奪っていると、パキスタン人はこぼす。その答えはこうだ。「あんたたちの仕事を奪っているわけじゃない。自分でいちから商売をはじめたんだ」。難民キャンプ自体、ささやかな事業であふれている。

ペシャワルでなんとか生きのびているふたりの中産階級のアフガン人の議論に、わたしは耳を傾ける。西側が難民を助けたがらないのはなぜかを論じあっているのだ。

「その理由は、われわれが決して無力にならないと決めてるからだと思う」と片方がいう。「西側が反応するのは、飢えている子どもたちなんだ――それも黒人の方がいい。だが、こんな場面がテレビに出たとしたらどうだ。ムジャヒディンといっしょに戦っているアフガン人が、負傷して、それ以上戦えなくなる。このアフガン人は道端で揚げだんごを売り、その前を難民キャンプにいる家族に会いに行くムジャヒディンが通る。アフガン人の妻と七人の子どももキャンプにいるんだ。夜明けから日暮れまで働いて、ようやく子どもが飢えずにすむだけの儲けを得る。だが、子どもたちは栄養不良だし、暖かい衣服を買ってやれないし、学校にもやれない。こうした話に反応があるだろうか」

「反応はないね」ともうひとりがいう。「条件づけの問題なんだ。かれらは黒人の子どもに反応するよう条件づけられている。われわれには反応しない」

アフガン人の事業やエネルギーが入ってくることが、長期的にパキスタンの利益になると思っているかどうか、パキスタン人の友人にたずねた。ふつう、ある国が難民を受け入れると、ひと世代かふた世代あとになってあらゆる種類の利益が生じるものだ。パキスタンはすでにあまりに多くの問題をかかえているので、いまさら得になることなどなにもないと、この友人はいった。アメリカ人やその他の人びとの意見では、アフガン人のエネルギーとねばり強さはパキスタン人にとってはむしろ必要だという。

「三〇〇万人」というのは簡単だ。「三〇〇万人、四〇〇万人の難民」と。だが、どこまでもはてしなくつづく難民キャンプを目の当たりにすると、その意味がようやくわかってくる。えんえんとつづく小さな泥の部屋や小屋が数字にとって代わる。おびただしい子どもの群れ、ほとんどが教育を受けていない。女たちは狭いところに押しこめられ、衛生設備も整っていないし、水も十分にない。しかも難民はいまもアフガニスタンから続々とやってくる。何千人、何万人と。あるアメリカ人の医者がいった。「アフガン人をひとり残らずアフガニスタンから追いだすまで、ソ連はほっとできないだろう。それが望みなのだ。空っぽの国を植民地にして、反対派のいないところで搾取したいのだ。国内にアフガン人が生きつづける限り、かれらと戦わなくてはならないんだ」

「そうね、でも国外でもアフガン人がいる限り、戦わなくてはならないでしょう」

「だからこそ、国境を閉鎖しようと必死なのさ」

ほとんどあらゆる種類の往来が絶えることがない。戦士やかれらの装備、家畜、市場むけの物資、ジャーナリスト、スパイ、村人などがパシュトゥーンの土地を通っていく。パシュトゥーンはこれまでいかなる政府にも忠誠の義務をつくしてこなかった。パキスタンもカブールもロシア人も好きではないのだ。パシュトゥーンには、はるか古代にさかのぼる驚くべき歴史がある。イスラエルの一〇の部族のひとつであるベニ・イスラエルが、はるか昔ネブカドネザル王によってアフガニスタンに連れてこられたのだと、かれらは主張する。ひとことでいえば、パシュトゥーンはユダヤ人というわけだ。旧約聖書に出てくるような名前をもっているし、古い墓石にはヘブライ語の碑文がある。ユダヤの慣習に従っている部分もある。この人びとは、アフガン人の間でさえ、気性が激しく非妥協的だという定評がある。ソ連に協力してムジャヒディンを滅ぼすことは拒否してきた。だが、いまやソ連はひじょうに巧妙な政策を使って、パシュトゥーンを味方に引き入れようとしている。パシュトゥーンは自分たちの土地を奪われたと信じている。むりやり狭い地域に押しこめられたと感じているのだ。ソ連はそういうかれらに、国境地帯から離れれば、土地を与えると提案し、あるいは、そこにとどまるならば、金を与えて、ムジャヒディンへの支援を拒むようしむけている。こうした圧力は、ある程度、効果をあげつつある。これが成功するだろうか。成功するとなれば、アフガニスタンからパキスタンへぬける道路のひとつ、おそらくいちばん重要な通路を、ムジャヒディンが使えなくなるだろう。しかし、歴史が示すように、パシュトゥーンは賄賂で動きはしない——かれらはいつだってどこからでも差し出された金は受け取るが、その後は自分の利益を第一にしてきたのだ。かれらはソ連を憎んでいるし、ムジャヒディンはそこに希望をつないでいる。

わたしたち四人は未登録のアフガン人たちが住む区域にもどった。小男の警官につきそわれて。自分のつきそいなしではそこへ行けないと、この警官は明言した。誰がそんなことを決める権利があるのですか。誰がそういったの。いくらたずねてもわからない。経験者にいわせれば、一種の先生についていていてもらう必要があったらしい。わたしたち自身はまったく目立たないと思っていたかもしれない。英国人（かつての南ローデシア出身で、生まれはイランだが、そんなことはどうでもいい）とテキサス人、それに英国生まれのアフガン女性という三人の女性に、スウェーデンの映画製作者の組み合わせは、いろいろな人たちが入りまじっていっしょに歩いている西側世界では、なにも珍しいものではなかった。だが、当局に関する限り、わたしたちはまったくあり得ない一団だった。いったい何をしているのだ。ですから、アフガン救援運動にかかわっていて、状況を……だが、なぜいっしょにかたまっているんだ。友だちなんです、とわたしたちはいう。だが、しかし、いったいなぜ！――「がまんして警官につきそってもらったほうがいい。それほどひどい男じゃないし、もっとひどい目にあうかもしれないんだから」

　ほそい路地やほこりっぽい小さな空き地や家のあるところはどこでも必ず、両側に浅い溝があって、水や下水やその他あらゆる家庭の排水が流れている。臭気が鼻をつく。南インドにいたことのあるナンシー・シールズにいわせれば、近代的な下水設備は西洋の盲信で、何十億という人たちがそんなものなしにちゃんとやっている。下水設備ができる前の英国では、コレラやチフスや赤痢でばたばた死んだのだし、不潔きわまりない貧民街で耐性ができるなどという話を信じこむつもりはないと、わたしはいう。だが、二度目にその区域を訪れたときは、最初ぎょっとなったものがほとんど気にならなかったのはたしかだ。

　老若ともども肩をよせあう部屋をいくつか訪れたのだが、そのすぐ近くにクアジと名乗る一家が住んでいた。クアジは行政長官かなにかだったのに、現在は門番として働いている。女たちのひとりはかれの義姉で、ソ連のアフガニスタン侵攻を許したダウドの身内だ。この名高い親戚のことを彼女がどう思っているか、聞く気にはなれなかった。若い女性たちと年長の女性、子どもたち、それにクアジ自身とそろい、なかには英語を話す者もあってわたしたちを引き止めたがった。ごみごみした通りの隅で、部屋のなかで身をよせあう毎日は退屈きわまりなく、どんな種類の社交でもほしくてたまらなかったのだ。それに、女たちはもちろん、ベールに悩まされている。

こういう一家がアフガニスタンでは家も庭もある快適な生活をしていたのだ。

それからわたしたちは、なにもいわれないまま、三方を煉瓦で囲まれたほこりっぽい空き地に連れていかれた。そこにはテントがひとつはられている。テントのなかには、若い女性が例によってベールで顔をおおい、絶望した様子の陰気な男性と五～六歳の男の子といっしょにいた。子どもはなにもすることがなくぶらぶらしている。かやのなかには赤ん坊がいてインディアンの幼児のようにくるまれ、いまにも目を覚ましそうだ。とても健康そうでふつうの赤ん坊にみえる。だが、赤ん坊は「山を越えている最中に」死んでしまったのだった。そしてもうひとり、この赤ん坊よりひとつ上だが、大きさは変わらない子どもが、うつ伏せに寝ている。あまり静かで活気がないので、死んでいるのかあるいは死にかけているのかと思ってしまう。なにかとんでもないことになっている。この一家は未登録なので食料の配給がこない。男は市場で荷物運びのような仕事をやって週に数ルピー稼ぐ。テントのなかはむし暑くて、ほこりっぽい。じきに寒くなって、ほこりもたつだろう。だが、この冬はここで暮らすしかないのだ。いまごろこの一家はどこにいるだろう。

どの小道を歩いても、アフガン人が立ち話をしていた。どこの地域もアフガン人でいっぱいだった。屋台では果物や野菜を売っている。男たちはほとんど、戦闘の合間にやってきたムジャヒディンだ。それからわたしたちが案内された部屋をみて、ぜいたくな部屋だと思い、ほんの数日で自分の基準がすっかり変わってしまったことに気がついた。その部屋はかなりの大きさで、天井が高く、白い壁も汚れていない。床には本物のアフガン絨毯が敷いてある。壁の回りのマットレスにも敷物やクッションが置かれているし、ベッドカバーも華やかな色彩の織物だった。天井には扇風機がまわっている。それになによりも部屋の隅にここへきて初めて見る冷蔵庫がある。そこで、この冷蔵庫が、英国では、それにアメリカではもちろんのこと、貧乏な中古品店でも古臭いといわれそうなものだと気づく。これはわたしたちが見た最高の部屋だった。ここに住む人たちは教師で、仕事もあった。

パグマンの指揮官は何度かわたしたちを訪ねてきた。かれはまた別の政党に所属しており、作戦全体を編成するかの男性に比べればほんの青二歳でしかない。農民の息子だったが、頭がよかったので、正規軍に入り、ソ連侵攻前にすでに頭角を表していた。現在は数百人の部下を率いている。最初の夜はパグマンでの戦闘からもどったばかりで、気分が高揚し、饒舌で落ち着きがなく得意気だった。翌日になると、アドレナリンがつきて陰気になり、疲れ切っていた。「戦闘ショック」にかかったのだという。ひと晩じゅう、ソ連軍の姿がちらついて一睡もできなかった。殺すために目を開けていなければならなかったのだ。ソ連軍相手に七年戦ってきた。

その三日前には、八〇人のソ連兵が殺され、八〇〇人が負傷した。ソ連は七年間、パグマンの奪取をねらっている。ここはかつて「アフガニスタンの楽園」として、果樹園や庭や畑や村や灌漑用水路がいたるところにあり、五〇万人が住んでいた。いまは砂漠と化している。そこに庭があり、水が豊かにながれ、花が咲きみだれていたなどとはとても信じられない。ソ連の爆弾が地中まで達し、地下九メートルの水路に穴があいてしまったのだ。地面のところどころが酸化し腐食が進んでいる。パグマンの大きな城はいまなお、村へ通ずる入り口を守っている。

ここはむかし、カブール攻撃の拠点だった。いまはソ連軍がカブールの周囲五キロを支配下においているが、それも昼間だけだ。「カブールのなかでも外でも、どうするかを決めるのはわれわれだ」と、指揮官はいう。「たとえば去年のメーデーに、ソ連は祝典をやると発表した。知っているだろう。例の万国の労働者の祭典というやつだ。そこでわれわれも加わることにした。部下たちを二組にわけて城の近くの狭い道に配置し、ソ連軍の守備隊のそばに身をひそめたんだ。内通者からの知らせで、軍の護衛隊がそこを通るとわかっていた。午後四時になってようやくチャンスが訪れ、われわれは護衛隊をずたずたに切断した。二組の男たちは護衛隊に不意うちをかけた。なたや鉄パイプまで使った。というのもソ連軍はその手の戦いにはひとたまりもないからだ。カラシニコフとＤＳＨＫ（重機関銃）、装甲人員輸送車を捕獲した。ぜんぶもっていく場所がないので、石油をかけて火をつけた。その爆破の様子はカブールじゅうから見えたんだ。これがやつらのメーデーへのわれわれのカンパだった。この攻撃はすごく有名だから、お望みなら調べてみてくれ。われわれがおおげさに吹聴するとよく非難されるんだ。そうじゃない、誰にも知られない戦闘はしょっちゅう行われているんだ。知っているのはソ連人だけで、われわれの話がおおげさじゃないことは、ソ連人がいちばんよく知っている」

また別の部下たちをひきつれてやってきたときの話。「政治的な主張でも、ソ連のやり方はちっとも一貫性がない。最初の頃、りっぱな話を信じこんだ人たちもあったが、それはずっと前の話だ。いまじゃ、たぶん全国で共産主義者は二〇〇〇人くらいいると思うが、なかにはしかたなしに、ふりだけしているという者たちもいる。ソ連は、自分に従うたしかな連中、たしかだと思える連中に仕事を与える。これは古典的帝国主義だ。ついでソ連は自分たちのために働く人びとの身内と取引し、あるいは雇った連中が協力しないときは、投獄したり、拷問にかけるぞと脅す。ここからレジスタンスの機会が生じるんだ。こうした連中は、仕事をぞんざいにやるとか、なにかあっても目をつむるとか、危険をおかすなどといった面であてにできる。実際上、ほんものの利敵協力者などはひとりもいない。腐敗したソ連軍からかれらが学んだのは、いかに体制をだしぬくかであり、かれらは逃亡するよりもはるかに有用といえる。ソ連がまず第一にやるのは、協力者のネットワークをつくり上げることだ。もうひとつ、かれらの主張と矛盾していることがある。主張通りに土地を集産主義化するのではなく、小資本家を大量につくりだしたのだ。誰かが二〇ヘクタールの土地をもっていれば、ソ連人が一六ヘクタールとって、残りの四ヘクタールを地主にわたす。そこでこういうのだ。『おとなしくして、ムジャヒディンに協力したりしなければ、この四ヘクタールはもっていてよろしい』。あとの一六ヘクタールについてもあと四人の小資本家を連れてきて、同じように支配する。もうひとつ、町で使われているやり方もある。誰かが五万アフガニもっていたら、一万アフガニだけ残して、四万アフガニ取り上げてしまう。それをスパイになってくれる連中に与えるわけだ。わが国に対する支配を独立採算でやろうと意図しているのだ。町へ入ると、りっぱな家にしるしをつけ、持ち主を追い出して自分の手先に与える。従順なエリートをつくろうというのだ。だが、誰がほんものの手先か、われわれにはわかっているが、やつらは知らない。やつらのネットワークのなかには、われわれのために働いている人びとがたくさんいるので、やつらがなにをしているのか、なにを計画中かぜんぶ筒抜けなんだ。だからこそ、こんなわずかな武器や弾薬しかない人たちでも、十分うまくやれるのだ」。この人物は別の党に属するマスードを尊敬してやまない。「マスードはエメラルドの鉱山をソ連から奪いかえした。マスードの代理人は国際市場で武器を買っているし、すでにソ連から奪ったヘリコプター一八機、ジェット機一三機も修繕させて、使えるようになっている。戦車は六〇〇台ある——いまごろはもっと増えているだろう。マスードにはどこかに格納場所があるが、われわれがパグマンの城のそばで戦車六〇〇台を捕獲したときは、燃やさなくてはならなかった」。（山のなかには隠れ場所はいくらでもある。ムジャヒディンの指揮官たちは洞窟や天然の砦を司令部として利用している。ムジャヒディンだけではない。トルコマンの軍隊も、ソ連に国を征服されて数十年たったいまもなお、ソ連相手に戦っている。トルコマンはソ連との国境近くのアシの森に、「アシの都市」をつくっていた。そこには軍隊や兵器だけでなく病院や図書館まであった。その後、この司令本部はどこかへ移された）。

この指揮官はKHADに追われる身だと語った。だが、パキスタン国内では護身用の銃の携帯を許されていない。「KGBの影響力が強いので、ここではなにもあてにできない。だからわたしも銃を持ってあるけないんだ」

こうして人びとがつぎつぎに訪ねてくる間、わたしたち五人はディーンズホテルに宿泊していた。こうしたホテルは世界にふたつとないにちがいない。ラジャの時代に建てられたものでいた。

庭や木にかこまれた広大な敷地に一階建の建物が散在している。部屋は風通しが悪くて暑苦しいのだが、夜中に目が覚めると凍えるほど寒い。まわりつづける扇風機の風で汗がすっかり引いてしまうためだ。

そうなると音がうるさくて二度と眠れない。エアコンがうなりをあげ、扇風機はぶんぶんいう。エアコンのモーターがどしん、がつんと音をたてる。まるでひと並びの部屋全体が、エンジンの音をゴトンゴトンとたてながら川をのぼる舟みたいだ。なにもかも動いている。カーテンも、椅子のカバーの端も、椅子の背でふくらんだ洋服もゆらゆらしているのを見ていると、幻想が次第に強まる。窓の外をのぞいたら曲がりくねる川やジャングルが見えるにちがいない。横に並んだ五部屋の上は空っぽのスペースで、たぶん屋根裏だろう。そこからぎょっとするような物音が聞こえる。ネズミにしては音が大きすぎる。鳥がすみついているのだ。あるいは小動物かもしれない。なにかがそばにいる、見つめられさえしているという感じに襲われる。目が合いはしないかと、天井の裂け目をみあげる。動物の目とはかぎらない。だが、実際に窓の外を見たとたん、妄想は消え失せた。目に入るのは暗がりの芝生と木立、灌木、うっすらとした星、真っ暗な寝室がならぶ棟――それに任務中の夜警だけ。

このユニークなホテルをけなしたくはない。壊されたあげくに味もそっけもない国際ホテルなる怪物が建てられたりするのが恐い。つぎのようなささやかな話が、このホテルの雰囲気を伝えるにちがいない。いつものように、息苦しくて眠れないまま、明け方四時ごろ部屋のなかを歩きまわっていると、突然大きな破裂音がした。銃声だろうか。この場所は、ジャーナリストや救援運動家やふつうの観光客だけでなく、武器弾薬の商人やら麻薬の売人、詐欺師、あらゆる種類のならず者も利用している。この物音でわたしはすぐには動かなかったけれど、五分してから窓の外を見た。ベランダにも庭にも人影はまったくない。何ごともなかったかのようにしんと静まり返り、わたしたちの部屋と直角になっている棟の窓も真っ暗だ。しばらくすると、わたしの部屋を誰かがノックした。こんどもすぐには出ていかず、すこし間をおいてドアを開けると、誰もいない。三〇分ほどして、またひとしきり物音が聞こえた。なんの音かあててみたくなる種類の音だ。そう、たとえばタンブリッジ＝ウェルズ（イングランド南東部、ケント州の保養地）のちゃんとしたホテルで、朝の四時半に聞こえてくるような音ではない。人の声だろうか――そうではない。なにか重いものを押したりひきずったりしているような音だ。のびあがって見たけれど、なにも見えない。次第に夜が明けてくる。わたしたちの棟に近い部屋から、ムジャヒディンがふたり出てきた。肩に毛布をかけて、朝もやのなかを歩きさる。ホテルの夜警が門までいっしょについていった。このちょっとした一連の出来事から、いくつもの話がつくりあげられる。

いまさらいうまでもなく、このホテルでは外で客待ちをするタクシー運転手から、ウェイター、フロントの係にいたるまで、すべて警察のスパイだ。

宿泊して三日もたつと、他の場所ならまったくお笑い草になりそうなことまで疑い深くなる。誰かに会うとまず第一に、「誰から金をもらっているのだろう」と考えるのだ。パラノイアだって？　とんでもない！――サバイバル第一課だ。

ホテルじゅうに陰謀と不可解な出来事、スパイがうごめいている。作家なら風刺にするしかないような人物たちが、いかにも無邪気を装って近づいてくる。さりげなく巧妙な質問をしたり、自分がパキスタンに、ペシャワルにいるわけを説明したり、御同席願いたいなどというためだ。大きな声で笑いだしたくなる。目を合わせようとすると、相手も笑いだす……だが、そんなことはしない。ゲームのルールに反する。あくまでもったいをつけるのだ。しばらくすると、どこかへ行ってしまう。たぶん、誰かに報告しにいったのだろう。

「ペシャワル体験」ではこうしたことが不可欠なのだ。つまりはいかがわしくて危険なブラック・コメディを味わったということだが、その点でここはたしかにどこにも負けない。

アフガンの状況は悲劇的だしこみいっているとはいえ、理解しがたいものではないけれど、パキスタンとなるとわけがわからないというしかない。矛盾のかたまりのようにみえる。わたしたちは毎朝、ホテルの猫やカラスやタカに似た鳥の視線を浴びながら、木陰で朝食をとり、四種類の英字紙を読んだ。そこにはいたるところで暴動や危機が発生している国のありさまが書かれている。この国の状況をめぐるあらゆる問題が、絶望的な記事となっている。だが新聞で読むことと、実際に会う人たちや経験とはまったく一致しない。パキスタン人の特質は、ものに動じず、気立てのよい怠惰だと思われる。魅力。実に魅力のある人たちだ。親しげな茶色のまなざしやほほえみや顔つきから発散する魅力。この魅力のおかげで何千ものやりとりが円滑に行えるのだし、さもなければにっちもさっちもいかないにちがいない。ある種の許可をもらうとか、飛行機の切符を手に入れる、面会の約束をとりつけるなどの試みで、まったく望みがないと思ったときでも、この魅力で救われるのだ。どこまでもはてしのない人のよさ。魅惑的人間だらけの国！　どうしてこんなことがありうるのだろう？　イギリスに帰ってパキスタン人の友人たちにたずねると、シニカルな答えが返ってきたが、わたしとしては知らないままでいるほうがいい。それに、わたしはパキスタンのことを調べにでかけたわけではない。

だが、ミス・ブットのことだけは、行く先々でたずねた。女性がベールをかぶることが重要問題である国ならば、誰かが「あんなのはたかが女だ！」といいそうに思われる。ところが誰ひとりいわなかったのだ！　「まだ若すぎる」とみんないう。「ジア〔ハク現大統領〕は老獪だから、とても彼女の手におえない」「どうせソ連の手先さ」「もっと経験をつめば反対派の有力者になるだろう」しかし決して、「あれは女だ」とはいわない。

わたしたちには時間がたっぷりあったので、木陰をぶらぶら散歩したり、夜になると芝生にすわって月を眺めていた。これといってなにもせず、ただすわっていたのだ。漫然と。というのも、それがパキスタン流のことの運ばれかただからだ。のろのろと、予測もできず、激怒しながら過ごすしかない。面会の約束をする——取り消されはしないが守られたためしがない。相手が時間通りに来ないか、まったく現れないかだ。西洋流にあれこれ入り組んだ計画をたててみても、つまり必ずその通りになると確信していても、始まりさえしない。三、四日たつと、すでにわたしたちは毎晩「さて、あしたはどうなると想像する?」といいあうようになっていた。わたしたちが会ったベテランたち、アフガン人を訓練している欧米の医者たちや病院で働いている人びと、援助団体のワーカーたちはいずれも、用心深い防衛的なユーモア、ヒステリーにならないためだとわかるユーモアを身につけていた。

「ほら、ここの官僚主義ときたら——」

わたし自身はこの官僚主義と長年つきあうのは願い下げにしたい。

たぶんわたしたちがなにより失望したのは、女性と同じくらいいきいきした話をしてくれる男性がなかなか見つからないことだった。かれらとわたしたちの違いがここにはっきり出ているし、だからといってわたしたちが必ずしもうれしがることもない。わたしたちにとってはなんでもかんでも個人的問題になってしまうのだ。あるムジャヒッドの指揮官との会話のメモがわたしの手元にある。わたしたちの話合いは午後いっぱいかけて行われた。内容はもちろん、西側が助けてくれない理由、ソ連人、西側諸国の国民性の違いなどについてだ。（たとえば、フランス人はヒステリーで感情的だが、われわれを大いに助けてくれている。アメリカ人は、商売人だが、自分たちにとって真の利益とはなにかについて、長期的な理解がまったくない。イギリス人は半分帝国主義者で、半分商売人だ。スウェーデン人は、ひじょうに誠実でよく働く。ソ連人は――すべて帝国主義者だ）。ムッラーが尊大だという話をしている最中に、この指揮官が並はずれた過去をもっていることをうかがわせる発言があった。その後、会話は次のようにつづいた。

「アフガン政府軍からとび出してそのままムジャヒディンに入ったというんですか」

「そうだ」

「でも、どうやって」

「そう、四六時中見張られていたから、いつとびだすか、決めるのが難しかった。そこでわれわれは時を見はからって出てきた」

「わかりました。でも、具体的になにがあったんですか」

「戦車を数台奪ってでてきた」

「そのときの話を詳しくして下されば、西側の人たちはとても関心をもつと思いますよ」

「だから、何度も話しているじゃないか！　大勢のアフガン人がムジャヒディンとともに戦うためにアフガン政府軍をとびだしていると、伝えてくれ」

「ええ、ええ。わかってます。でもどうぞお願いですから、正確になにがあったのか話して下さい」

「なにが知りたいのだね」

「軍を出たのは夜ですか」

「なんだって？　ああ、もちろん夜だ。われわれは夜戦うから、ロシア人も夜戦うしかない。今夜は眠る気になれないとわれわれがいえば、ロシア人も起きてなきゃならないわけだ」

「それでその夜はどうなったのですか」

「その前に使いの者を送ってムジャヒディンに加わりたいと伝えた。ムジャヒディンの陣地を攻撃することになっていたので、そういってやったのだ。すると返事がきて、攻撃するふりをしろ、その後こっちへこいといってきた。そこでその通りにやった」

「ずいぶん簡単だったように聞こえますね」

「簡単だったさ。計画しておいたのだから」

「殺された人はいますか」

「ああ、ロシア人がかなりやられた。こっちはさほどでもない」

「ムジャヒディンに伝言を送って、返事をもらったといわれたけど、どうやってやったのですか」

「アフガン軍にはムジャヒディンのために働いている連中がたくさんいるし、かれらがなにをやっているかわれわれには前からわかっている。かれらの方もわれわれのことを知っている」

「味方も何人か殺されたといわれましたね」

「ああ」

「負傷した人は？」

「わたしの片腕がやられた。隣にいた男は殺された」

「それからどうなったのですか」

「ペシャワルのムジャヒディンの病院に入った。数週間後にカブール近くのムジャヒディンのところへもどって戦いはじめた」


人によっては「カサブランカ」の一夜から逃げだす気持で、ペシャワルに別れを告げる。わたしの場合は、交通事故に会わずに逃げだせるのがうれしかった。わたしが育ったローデシアでは、スピード制限とか交通規則は個人の自由への攻撃とみなされていたので、自分はあらゆることに慣れていると思っていた。日が暮れると、おびただしい自転車が、明かりもつけないまま、道路にあふれるのだ。ソールズベリーに（辛辣な歓呼の伴奏つきで）最初の交通信号がついたのは、第二次世界大戦の後だった。ペシャワルの交通はパリのラッシュアワーに似ているが、それより四倍もひどいし、馬やロバが引く荷車や、路上をうろうろする雄牛や雌牛のおまけまでついている。一台に数人乗った自転車は、たいてい無灯だ。あらゆる種類の車が走りまわり、路線バスは巨大なブリキ缶のように、スローガンやら映画俳優の写真やら、コーランの引用句やらで飾りたてられている。国際的な機動力に対してこの亜大陸だからこそできる貢献もある。オートバイを改造したミニタクシーは、定員とされている五人以上をつめこみ、すさまじいゆれ方で骨も砕ける思いを味わう。誰もかれもが警笛をならすところを見ると、目よりも耳を頼りにしているらしい。最短距離を行きたいときは、命からがら進むしかない。「でも第六感が働くようになるわ」と、パキスタン人の友人は楽しそうにいってのけ、動物やマシーンの目の前で、ところかまわず曲がってはかけ出していく。なにも見まいと決心すればすむのだ。死ぬ覚悟さえできていればいい。どこの都市でも、そこの特徴となっているものにとりかこまれる気分になるものだ。ペシャワルで数日過ごした後、わたしは世界じゅうが煙とほこりでかすむ、危険に満ちた道路のわなのような感じがした。石油とディーゼルの入り混じった臭いが鼻をつき、肌も髪もざらざらになる。

ディーンズホテルの庭にいれば、ほこりっぽい交通は生垣の向こうの話になるのだが、それでもうるさい音まで締めだすわけにはいかない。スモッグのせいで星空もくもっている。またたいているのはとくに明るい星だけだ。南国の夜空から期待される、地平線すれすれにひろがる満天の星、太陽が沈んだとたん、人間の問題などとるにたらないものにしてしまう星空はここにはない。逆に、街のほこりっぽい明かりから、人間性が上に向かって押しかけていく。ほの暗い空に赤や黄色の光が低くパッと走ると、「花火かしら」と思うが、すぐにパラキナル渓谷から照明弾が発射されているのだとわかる。そこでなにか「事件」が進展中にちがいない。しばらく座ったまま、さらに照明弾があがるか、あるいは銃声でも聞こえないかと待つ。ほこりまみれのような星。灌木やベランダにたまったほこり、急スピードでホテルを出たり入ったりする車からあがるほこり、一日に何度もシャワーで流すほこりと汗。

わたしが着陸の際に見ていたほこりっぽい風景、土の風景が、ここではいたるところにあった。

だが、それはこの場所へ足を踏み入れる以前のことだった——数日間、とくになにをするでもなく待っていた後、わたしたちの旅はあわただしく動きまわることになったのだが、その合間でも、わたしは歩かなければと思っていた。やはり歩くのが好きなナンシー・シールズとわたしは、朝の五時半に待ち合わせて、まだ人通りのない道を歩いた。そのおかげでわたしたちは、そこらじゅうに植わっている緑の木を見ることができた。だが、方向が違っていた。悪臭のするどぶに沿って歩いているとわかって、わたしたちは引き返すことにしたが、翌朝、別の道を行って、宿営地に着いた。英国が駐留軍のために建てたもので、もちろん下水用のどぶなど目につかない。とすれば、下水はどこへ流されるのだろう。そんなことは聞かないほうがいい。庭や裏庭のあるここの屋敷は、お茶を飲んだり、ひたすらすわりこんでいるためのところなのだ。なかの一軒を訪れたとき、わたしが想像していたのは英国人の家庭、わたしの実家に似た家庭だった。わたしの母のような夫人が、ほこりや暑さや蠅、それにいうまでもなく、まともな下水設備もない状況にきびきびと対処している。わたしが生まれたケルマンシャーでは、夫人はこんなふうにいうだろう。「召使いたちが早朝、汚水や汚物を捨てるのですけど、昼にはもう完全に乾いて、影もかたちもなくなりますのよ」。どこへ行くかといえば、もちろん、ほこりといっしょにそこらじゅうで風に舞っているわけだ。こうした妻たちが、任期を終えたあとペシャワルについてなんというか容易に想像できる。暑くて孤独なほこりとの闘いが終わって半分ほっとし、なお半分は自分がかかわることのできない生活にじれている。召使いや兵隊たちの実際の生活に責任をもっているのは夫なのだから。それにいうまでもなく、かれらは公式的な接触しかせず、家族とか、ごく普通のインド人（とするとここはパキスタンではなく、いまだにインドなのだ）などとつきあうことは決してない。わたしたちがお茶をのんだ宿営地内の屋敷では、大きな暗い居間にたくさんの写真が飾られ、頭上でファンがゆっくりとまわっていた。壁には虎の皮がかかっている。有名な人喰い虎で、どうやって仕とめたか詳しい話が披露された。パキスタンとアフガニスタンの敷物。あらゆる種類の飾り物やレースのかけ物。異国風と質素なイギリスの影響とが組み合わされ、イギリスじゅうに何万とあるインド料理店を彷彿とさせる。男の召使いがひとり、たえず気を使い、あらゆることを引き受けている。ケーキをすすめ、もっとどうぞ、チップスとトマトソースをどうぞ、スライスしたかぐわしい果物はいかがとさしだす。人をたしなめるようなその鋭い目を見ると、わたしの母が笑いながらよくいったことばが思い出された。「しかも召使いたちの前で言行を慎しまなくちゃならないのよ、ほんとにまったく！ ちょっと常識からはずれたことをやるとすぐに注意されるわ。かれらとどうやって張り合うか覚えるのが大変だったわ」。こうした屋敷は、いまでは金持ちのパキスタン人の所有物になっているが、ラジャの亡霊がいまでも動きまわっている。わたしたちを招いてくれた家の当主は、英国軍に身をおき二度の世界大戦に参戦した。かれはいまだに骨のずいから兵隊で、アフガニスタンの戦闘のニュースを逐一たどり、交戦を批判したりほめたりしている。できれば自分もそこにいたいと思っているのだ……

すてきな家や木立や庭がつづく郊外もいくつかある。ペシャワルは平原いっぱいにひろがっているものの、密度は高くない。住所を見ただけで、あっという間に装飾した門のならぶ通りに出る。その奥は大きな屋敷だ。その隣はもう小さなトウモロコシ畑で、肥えた山羊がゴミの山をあさっている。角を曲がるとまた屋敷町に入る。

ペシャワルで忘れられないのは、建物のいのちが人間と同様ひじょうに短いことだ。どっしりしたロンドンとの対照だけではない。ロンドンの建物は地中深く根を下ろしてしまっているので、連続性について考えさせられる。南部アフリカでは、地面に浅くたっているだけの小さな町や村や小村落をたくさん見たことがある。だが、こんなふうにはかなさについて考えさせるものではない。ペシャワルではありがたいことに、近代的高層建築は数えるほどしかない。だがそれもほかのどこにも劣らずぞっとするような代物だ。新しい建物は旧建築をまねる傾向があるので、建ったばかりの学校もせいぜい二～三階建てだし、軽やかな優雅さをそなえている。ムガル人のアーチや装飾が記憶されているからだ。新築の建物も、時間に攻めこまれたように見えるだろう。白壁の下のほうにはすでに黒ずんだ板切れがあててある。まるで地面が自己主張して手をのばしているかのように。難民たちの物悲しい泥小屋だけでなく、すべてのものがあたかも当座しのぎ、つかの間のものにみえる。いまできたばかりかさもなければいまにも壊れて土にもどりそうなものばかりなのだ。それがここの魅力であり、「汝は塵なり、汝の帰るべきところは塵なり」と、この風景は語る。エコロジストの、自然保護論者のパラダイス。

わたしたちは親しくなったムジャヒッドの指揮官の一家を訪問するため、車ででかけた。最初はペシャワルのどこにでもある道を通りぬける。両側に優雅で明るい煉瓦や泥の建物が並ぶ通りだ。白く塗り立てたものもそうでないものもあるし、汚れが目立つもの、はげたりひびが入っているものもある。ペシャワルの大市場には、中世風の東洋の市場に期待されるものがすべてそろっている。細い道や路地や掛け小屋が迷路をつくり、ペシャワルから通じるどの道の両側にも同じような小さな店がぎっしりと並ぶ。泥か、泥と切りわらをまぜてつくった店だ。屋根は多種多様で、アシもあれば、古い木の枝や黄色いトウモロコシ色の植物を重ねただけのもの、それをアシや柱のたるきに積み上げた屋根もある。なかには、うす色の砂利まじりの土を盛った屋根もあって、そこから雑草や草がのびている。掛け小屋では果物や野菜や肉や、ありとあらゆる製品を売っている。そして男たちが、その多くはアフガン人だが、あがりがまちに腰を下ろして世のうつろいを眺め、あるいは小屋の外にしつらえたひもと棒でできたベッドに横になっている。ときおり友人たちが仲間入りすると男たちはグループになってすわりこみ、ゴシップ談義をはじめたり、車や交通、ペシャワルの殺人的交通をじっとながめる。だが、道の両側はあっという間にムジャヒディンであふれ、その多くはすでに武装している。ペシャワルは後に残されているからだ。何百、何千という男たちを見ていると、ここにいる人びとがすべてムジャヒディンに思えてくる。その間をときおり女性が通る。その気にならなければ女性の姿は目にとまらない。その衣装は、歩き方と同じく、目につかないためのものなのだ。おもしろいことに、ブルカを着ている女性は、ベールをかぶっている女性よりも自由闊達に歩く。ブルカは頭から足の先まですっぽり包む。頭部を完全におおって、目のところだけアミ状に小さくあけ、身体にまとわりつき、歩くと風になびく。そのなかで女性はまったく別の世界にいる。眺めているのは女性の方だ。彼女は人に見られないし、実際目にとまらない。（いうまでもないことだが、このブルカはあらゆる種類の危険なあるいはうさんくさい取引に利用されている。パキスタンとアフガニスタンの国境地帯を守る当局者は手と足を見る。アフガニスタン入りをねらうムジャヒッドかジャーナリストかもしれない）。ベールは口をすっぽりおおって目だけ見えるようにつけるのだが、これをつけた女性はなにかせかせかして人をうかがうような感じになる。いっしょに話をしていた女性、ひとりの人間であり一個の人格である女性が、こういうふうに変わってしまうのを見るのはつらい。

ロンドンに帰ってから、わたしはベールをかぶり、眉毛すれすれまで額をおおい、口もおおってみた。目しか見えないようにしたのだ。ある日、このかっこうで街へ出た。わたしは人には見えない者になっていた。人びとはひと目で、わたしが「見られたくないんです」と言いたいのだと受け取る——そこでみんな目をそらし、通り過ぎていく。すぐに気がついたのだが、わたしの目は必死で人の注目を得ようとしていたのだ。ムスリムの国では目はとくに意志の固さを強調するにちがいない。バスや地下鉄でも、路上で誰かとすれ違うときも、自分の意志を伝えるときわたしがどれほど顔に頼っているか、にこっとしたり表情で示しているか、改めて気づく。いまやほほえんでも見えないし、口まで隠されている。口をすっぽりおおってしまうと、ひじょうに口を意識するようになる。やがてそれがなにか禁じられたもの、あるいは不快なもの、恥ずべきもの、隠しておかなければならないエロティックなものに思われてくるのだ。傷にさえ思える。いかなる種類の口唇的固着ないし強迫観念が、最初に口をおおえと命令したのだろうと、わたしは考えはじめた――コーランでも予言者マホメットのことばでも、まったく触れていない。イスラムの初期の歴史のどこかに、キリスト教のなかにでしゃばってきた聖パウロのような妄想にとりつかれた独裁者がいたにちがいない。パウロもまた、キリストから発したはずのないいくつもの禁止令を出し、何世紀もの間、女性を苦しめ、屈辱を強いることになったのだ。進歩的なムスリムたちは、コーランのなかに女性の平等を確立してイスラム教を改革できる個所がたくさんあるという。たとえば、「女は男の半身である」「天国は母の足下にある」あるいは「女の財産を取り上げてはならない」などだ。この最後の教えによってムスリムはすでに、女性実業家を輩出している。マホメットの最初の妻が、独立した商人として成功したのも、この教えによるところが大きい。

何世紀も昔にいわれたことに、なぜあれこれこだわるのだろう。あきらかに、人間精神のメカニズムには、それを要求するなにかがある。年に一度、シーア派のムスリムは自らの身をむちで打ち、自分の身体を切断するという驚くべき白痴的行為にいたるが、その理由が五世紀（西暦）にマホメットの孫息子たちが殺されたことなのだ。わたしたちの一行の何人かは、このシーア派が重傷を負い、血まみれで病院に運びこまれるところを見た。鉄の棒や鎖で自分の身体を打ったのだということだが、そのさまは（ムスリム出身のひとりがいみじくもいったように）むしろ十字架からおろされるキリストに似ていた。クリスチャンは旧約聖書や新約聖書の解釈をめぐって、際限もなくつまらない喧嘩をしている。わたしが最近聞いた機知と学識にとむ論争によれば、聖マルコが伝える宗教はしごく簡単に、今日わたしたちが背負いこんでいる宗教とはまったく別なものになりうるという。単に別のテキストを選ぶだけの問題なのだ。

人びとは権威者が好きだ。いくら自分たちはちがうというふりをしても通らない。中年を過ぎた人なら、近年では聖フロイトの言葉がある種の弟子たちによって教義に変えられたことを覚えているだろう。さいわい、この宗教は蕾のうちにつみとられてしまったようだが。

女性にはたしかに、囚人にされることに応じるなにかがある。最近では、ムスリム女性の諸派が、ベールをかぶっているほうが「自由」を味わえると主張しているさまを、わたしたちは見ている。なぜいけないのだ。それで彼女たちが満足ならいいではないか——自分たちの選択をほかの人たちに押しつけるのはよくない。イランでは正統派の女性軍団が通りをのし歩き、口紅の跡がついているとか髪をふさふさささせるとか、道を踏みはずした「シスター」たちを探していた。ひとりでも見つかると、つめで相手の唇をひっかいたり髪をひっつかんだり、平手打ちをくわせたりなぐりかかったり、「ばいた」といったののしりを浴びせたりしたのだ。悲しいかな、男性だけが女性を閉じこめるわけではない。

道路はまだ、きらびやかに飾り立てた大型バスやオートバイ・タクシーや車で混みあっていた。だが、牛やロバに引かれた荷車の数がだんだん多くなる。すると突然、そこはもう畑や木々や灌漑用水路や池や小川など、あふれんばかりの肥沃な農村のどまんなかなのだ。道の端に沿って、満足気な水牛がのそのそ歩いたり、草を食んだり、あるいは池で水浴びをするため半分裸の少年に引かれている。牛の毛並みはつやつやしているし、ロバもよく肥えている。家畜がおろそかにされたり虐待されている場面は、一度も見なかった。そう、一頭だけいた。ペシャワルの通りで疲れ切ったロバが荷車を引いていた。もち主はすてばちな顔つきのムジャヒッドだった。ホテルの猫たちでさえ、いかにも栄養がよかった。たぶんそれは予言者マホメットが猫好きだったと記録されているからだろう。すぐ先の道路は舗装中だった。おざなりにベールをかぶった女性たちが浅い籠で土を運んでいる。一キロ半ほどの距離を男たちが間隔をおいてすわり、ハンマーで石をたたいている。どの男も保護眼鏡をかけ、そのせいで学者といった風情だ。指先をシールドで保護しているが、まるでインクよけのように見える。この書記たちはすわったまま枝編み細工か布のシールドの陰でゆっくりと石をたたく。しばしば行きあたる小さな墓場には、ところ狭しと墓石が突き出ている。ときにはムジャヒディンの墓もあるが、どれも山腹を航行する大きな船のように、一〇〇本もの派手な小旗が翻っている。たいていグリーンの旗だ。

この青々とした風景は徐々に変化して、次第にもっと乾いて石の多い風景がひろがる。道路の両端には、それでも掛け小屋が並び、車両と人びとと動物がひっきりなしに行きかう。わたしたちのタクシーは何度か急停車し、そのつど、男たちの視線、ときにはにやにや笑いに取り囲まれる。わたしたちは女、ベールをかぶっていない女、西洋の女なのだ。少年たちが「ハロー、ハウアーユー」と声をあげ、学校で英語を習っていることを見せびらかすが、真面目くさったひげとターバンの男たちにたしなめられる。だが、男の子たちは気にもとめず、車の脇を笑いながら走ってくる。かなり頻繁にヌーリスタン人の顔を見かけるが、そのたびにショックを受ける。鼻がまっすぐで、しし鼻さえあるし、目は青か緑、髪の色は薄く、たぶんそばかすもあるような西洋人の顔なのだ。おもわず同国人に会ったように声をかけたくなりあわててしまう。イギリス人、アングル人はもともとこの地方からきたという説がある。イングランドに定着するまでの数百年、ヌーリスタン人の一部が牧草地で人口過剰になったためさすらったというのだ。そう、ここにくるとたしかにこの話を信じたくなる。間もなくわたしたちの車が急に幹線道路からそれて小道に入ると、そこはまたも砂漠の風景だった。一面赤いほこりと石でおおわれ、ガリー（雨裂）と隆起部のある荒々しい風景だ。いたるところで、古い建物が地上にくずれ落ち、昔の仮兵舎の残存、赤くきらめく固い突起物が地面から突き出ている。煉瓦工場がいくつかある――煉瓦とはほこりが初めて昇格して形になったものだ。ここかしこにテントがある。ぽつんと立つ木や灌木を利用しているのだろう。アフガンの難民家族のすみかだ。テントもまたいまや家に昇格している。ここではテントは屋根になっていて、その周囲には七〇～八〇センチあるいはもっと高く泥の壁が築かれている。テントはほこりで真っ赤だし、数本しかない木もほこりだらけだ。緑はどこにもない。家畜の群れがこの広大な赤いひろがりを、どこか見えない牧草地へ向かって追い立てられている。ほんの七、八キロ先には豊かな風景がひろがっているのに、ここにいるとそれを信じるのは難しい。赤いほこりの平原はどこまでもつづき、ヒマラヤの麓の丘陵地帯の真下と思われる緑の線と境を接している。はるか彼方までひろがるほこりと土と石。

平原の片側には何キロにもおよぶ低い土壁が曲がりながらつづいている。その内側が七政党のひとつに所属するムジャヒディンの野営地だ。いくつものムジャヒディン集団がほこりの平原を歩いてきては、壁の向こうに消えていく。ひとり残らず武器をもっている。青い空の彼方までつづく平坦な赤い壁を見ると、わたしはスペインの各地を思い出す――あの壮大さと孤立とを。だが、あの壁の向こうには、武装した男たちが、数千もの男たちが群れをなしているのだ。この風景が空っぽに見えるだけにすぎない。

わたしたちは間もなく小さな村、難民が自分でつくった泥家が集まる村に到着したが、そこでまたも、避けようのないらしい混乱がはじまった。わたしたちは指揮官とその家族に会いにくるよう招待されていた。今回もまた、一家の女性たちをフィルムに収めてもよいといわれていた。だが、当の本人がいない。副官たちは指揮官がどこにいるか知らないという。三日間家をあけたままだ。渓谷での戦闘にでかけたのだと思う。指揮官の母親も妻も心配している。翌日姿を現した指揮官は、謝罪したが、なにがあったかはいっさい説明しなかった。

一家の映画を撮ることについて、副官たちはなにも聞いていないという。またも三人の女だけが裏の女性の部屋に案内され、男たちは表の男性訪問者用の部屋にすわりこんだ。

この家の女たちはほかの人たちよりもかなり恵まれていた。なにより十分な広さがあった。大きな泥の壁に囲まれて広い中庭があり、馬が三頭、わたしたちが途中であった荷車につまれていたトウモロコシの茎のまぐさをはんでいる。にわとりもいる。泥壁のくぼみは約二メートル四方の小さな庭になっていて、ジャスミンとバラが植わっている。乾燥していてほこりっぽいが、庭は庭だ。ふたりの若い女性は指揮官と弟の妻たちで、どちらも妊娠している。弟も指揮官だ。その上、ふたりとも赤ん坊をあやし、大きな子どももひとりずついる。ぜんぶで子どもは六人。年かさの子どもたちは小さな編んだ籠に入った鳥と遊んでいる。ウズラの種類のようだ。子どもたちのペットなのだが、ウズラにとってはさぞつらかろうと思う。女の子たちはある種のアフガン美人で、ハート型の顔はほほ骨が高く、感覚的な大きな口をしているが、上唇からは白い歯がのぞいている。大きなあおい目は気取りも包み隠しもなく率直で、隣人のパキスタン人の秘密めかした黒い目とは遠くかけ離れている。彼女たちは山地の女のように歩き、じっと立ちどまる。

ひとりの老女、六〇歳になる指揮官の母親がすべてをとりしきっている。手ごわい女性だ。パルダがいかに人を驚かせるか聞かされてきたが、それがあっという間に現実のものになる。わたしたちがまだ腰もおろしていないのに、この老女はスカートをぱっとめくり上げ、裸のおなかを見せたのだ。おなかはふくれていた。腫瘍ができている。別に痛くはないんです、という。でも手術はできない。カブールから亡命してきた医者たちが開いた診療所に通っているが、薬はほとんどない。

イスラムのことに詳しいいろいろな人たちから聞いた話によれば、一家の「特権的友人」の部類に入れられた男性は、パルダのなかにいる女性たちを好きなときに訪れることができるのだという。女性たちは一種の女きょうだいになるわけで、性的なこととはとうてい思えない。その男性に対しては自分の家族の男たちと同じように親しくふるまい、ベールをしないだけでなく半分裸のかっこうでその前を歩きまわる。しかも自意識などまったくもたない。

この若い女性たちに、ナンシーとサイラが映画と写真を撮ってもかまわないだろうかとたずねた。でも夫たちがその場にいないから許可をもらえないわ。老人と子どもたち――ええ、それなら話は別だわ。

この二家族はベランダつづきの小さめの二部屋で暮らしている。壁はセメントだが、ペンキは塗ってない。床にはマットが敷いてある。ひと隅には寝具がほとんど天井まで積み上げられ、壁に沿って置かれたふつうのマットレスには派手な布がかかっている。女たちはきれいで派手な衣装にイヤリングやネックレスや腕輪をつけている。

ビーズやプラスチックの安物の装身具だ。戦争が始まったとき、アフガニスタンの女たちは上等の装身具、いくらかでも価値のある物をはずして、戦士が銃や兵器を買い入れるために供出した。こうした装身具を積んだ荷運び用の家畜が、山脈を越えてパキスタン内のキャンプに連れてこられた。難民としてキャンプにたどり着いた女たちに、たいしたアクセサリーが残っていたはずがない。もっていたものは食料を手に入れるために売ってしまった。ペシャワルのバザールには、こうして売られたネックレスやブレスレットやイヤリングがあふれている。わたしはネックレスをひとつ買った。二一個の入り組んだ銅貨のペンダントをブロケードの組みひもに縫いこんだものだ。外から見ても手でさわっても、使いこまれたものに特有の、私的で個人的な感じが強い。首もとにぴったりするようにできている。ハイネックのプレーンなドレスに合わせてみたくなるし、とてもスマートにちがいない。このネックレスはわたしの部屋のテーブルに置かれているが、たえずわたしの目を引こうとしているように見える。わたしを忘れないで！——そう語りかけるのだ。

彼女たちはたえずお茶はいかがとたずね、わたしたちはけっこうですと答える。聞かれるのはこの家にはお茶がないということだ。あればいわなくても出てきたはずだから。食料もほとんどないし、子どもたちのためのおもちゃもない。話をしたのは老女で、いきいきと力強く、自信をもって語った。息子たちが戦闘にでかけるときは、子どもたちの世話を妻たちではなく、この老女に頼んでいく。

一家の話のはじまりは、もちろんこうだ。

「そこでロシア人が爆撃し、わたしらの食料をぜんぶだめにしてしまったので、山を越えて……」。ここでの生活は貧しい上に退屈だという。故郷では、なんでもそろっていたし、大破局がくるまではアフガニスタンではみんなしあわせだった！　いまじゃキャンプから一歩も外に出ない。どこに行けるというのだろう。それに着る物もないし、子どもたちだって着たきりすずめ、いま着ている木綿の洋服とシャツとパンツしかもっていない。冬がもうすぐ来る。

「おまけに」と老女はいう。

「ここならムジャヒディンに囲まれているのでみんな安心です。ペシャワルじゃみんなＫＨＡ

Dに、ロシア人に殺されてるんです」

そこでわたしたちはまたも、女性戦士について知ってますかとたずねた。そういう人たちについて聞いたことがありますか。実際にいるのでしょうか。

「もちろん、いますよ」と老女は即座に答えた。「ヘラートの近くにひとりいます」（この老女自身もヘラートの出身で、やはりヘラート出の夫と結婚した）。「この女性指揮官はメアリアムと呼ばれています。ひとりっ子だったんで、父親が『わしの子どもはたったひとりだし、息子もいないから、この子がジハドに行くべきだ』といったんです。そこで父親が弾薬ベルトを娘につけさせると、部下たちも受け入れたんです。有名な人ですよ。男と同じくらい勇敢でね。『わたしと同じくらい勇敢な男性に出会ったら、その人と結婚するわ』といってます。でも今年三五歳だし、戦争に勝つまでは結婚できません。すごく頭がいいんですよ、この女性指揮官は。たとえばいちどこんなことがありましたよ。ソ連軍がくるとわかると、村人に牛やにわとりを引きつれて橋を渡りなさいと命じたんです。ソ連の兵隊はろくなものを食べていないので、行軍をやめて牛やにわとりを追いかけるだろうとわかっていたんです。ソ連兵が戦車から出てきたところをみはからって、メアリアムの配下の兵士たちはソ連兵を全員殺してしまいました。やはり、ソ連軍がやってきたときのことですが、こういったんです。『ようこそ、なかに入っておかけなさい』。やつらが腰をおろすと、メアリアムは配下の兵隊たちといっしょに、そこいらじゅうに石油をまき、火をつけて、焼き殺してしまったんですよ。それにパンジシールにももうひとり女性指揮官がいるんです。この人の話も聞いたことがありますよ」

老女の語るところでは、ヘラートにいた彼女の部隊は二〇〇〇人が殺されたという。二六人が祈りを捧げているときにナパーム弾にやられた。「ヘラート人は白衣をまとっているんです」と、彼女はいった。（その意味は、死ぬ覚悟ができているということだ。誰かが白衣を着ているといえば、死に臨んでかたびらをつけていることを意味する）。「世界はどうしてヘラートの破壊について文句をいわないんですか。あんなに美しいところが、いまじゃ瓦礫になってしまったのに。なぜロシア人に野蛮なふるまいをさせておくんですか。それにパグマンだってなにもなくなってしまった。あんなにきれいなところだったのに」

外の世界から遮断されたこの壁の内側で、親切で気さくで話好きの女たちとすわりこんでいると、そして表には武装した勇敢な大男たちがいると思うと、わたしの頭に「ほんとはこのまま、そっとしていてあげたほうがいいんじゃないかしら」という考えが浮かんだことを白状しなくてはならない。ロンドンのミドルエセックス病院で五日間、保護され大事にされて出てきたときも、これとまったく同じことを感じた。病院を出ると、街の交通や通りや日常生活の闘いに自分もかつては対処していたとはとても信じられなかった。こうした精神状態は二日くらいつづいた。パルダの犠牲者になってしまったら、それ以外の生き方など考えられなくなるのはたしかだ。

ふたりの指揮官の妻たちとの面会はえんえんとつづいたが、それもまったくばかばかしい理由からだった。彼女たちはわたしたちの話に飽きてきて、自分たちの生活にもどりたがっていた。それにわたしたちもすぐに話がつきてしまったし、ファルシー語の貯えもなくなってしまった。ところが子どもたちが全員、わたしたちのそばにいたし、表の部屋の男たちはもちろん、女性の居室にやってくるわけにいかない。向こうの部屋には子どもがひとりもいないので、呼びによこすこともできない。男たちはわたしたちがおしゃべりに興じているのだと思い、いつまでもすわりこんでいる。とうとう、わたしたちはひとりの子どもに聞きにやらせた。

わたしたちは夫たちの許可を得て、みんなをフィルムに収める手はずをととのえた。これは実現しなかった。ほかのことは実現したが、これだけはだめだった。

女性指揮官メアリアムについて、わたしたちはムジャヒッドに会うたびに聞いてみたが、いんぎんにほほえみ返されるだけだった。この戦争では女性たちはいつだってムジャヒディンを助けていると、かれらはいった。街ではムジャヒディンをかくまい、ソ連軍に見つからない隠れ場所を探し、弾薬や伝言を運んでいる。女性がいなかったら戦争はつづけられない。だが、女性の指揮官だって！　そんなのは聞いたことがない。しかし、もちろん彼女はブルカをまとった女性のように「目につかない」にちがいない。

アフガニスタンには女性戦士の伝統がある。たとえば、かつてマラリという名の女性戦士がいた。ほうぼうに記念像が立っているヒロインで、女の子の名前にも多い。一八八二年のマイワンとよばれる有名な戦闘のさなかにあったことだ。イギリスのバロウズ将軍が勝利を収めつつあり、アフガン人は夜通しの行軍で疲れきっていた。そこへ百姓娘のマラリがきて、兵士たちを腰抜けとよび、対峙する英国軍の戦列に向かって歩いていった。マラリは殺されたが、その死によってアフガン軍は勢いづき、その戦闘に勝ったのだった。

おもしろいことに、わが一行の女性のなかにさえ、メアリアムの存在を信じていない人たちがいた。ムジャヒディンと同じいんぎんなほほえみを浮かべて、「そういう神話、女の神話はもうたくさんだわ」というのだ。わたしは信じていた。この話は神話というには具体的で詳しすぎる。

当然とはいえ、パキスタン人が外部の人間に見せるモデルキャンプがいくつかある。わたしたちはそれ以外のキャンプに入ろうと算段していた。あるモデルキャンプなどは、VIP用の来客名簿まであるという。

指揮官には会えないまま、その一家を訪問した日の翌日、当の指揮官がやってきて同じ砂漠地帯にできた新しいキャンプをいくつか見せに連れていってくれた。わたしたちはふたたび緑の肥沃な畑や灌漑設備や満足そうな肥えた家畜を後にして、荒涼とした場所にやってきた。舞いあがる赤ぼこりと石と枯れたガリーとごろごろしたうねがひろがる場所。難民キャンプ用に使えるましな土地はすべてふさがってしまった。いまではやせた土地か砂漠かあるいは山岳部しか残されていない。

政党がテントを供給していたが、一部はぼろぼろだ。山の背の向こうまで、テントがほこりのなかにちらばっている。まばらな砂漠の灌木の間にもいくつかのテントが見える。ここにいる人たちは六週間前、山を越えてアフガニスタンから出国してきた。酷暑にみまわれ、二〇人の赤ん坊と幼児が死んでしまった。

周囲をしっかりと低い壁でかためたテントもいくつかあるが、ほとんどはわずかな土をぞんざいに盛っただけだ。テント内の床は地面のまま。一〜二個のなべ以外、まったくなにもない。食料品もたいしてない。テントの隅につるしたバッグには、ほんの少し粉が入っている。粉と塩。「塩は安い」と、指揮官がきびしい顔でいう。日に一度トラックが水を運んでくる。飲む分には足りるが、身体を洗う量はない。テントとテントの間にあなを掘ったトイレがある。長さ約一メートル、深さ六〇センチくらい。なんのおおいもしていない。おおいにするものなどなにもない。状況は違うが、わたしの母がいったように、たまった汚物は太陽の下であっという間に乾燥する。だがその後はほこりといっしょに舞いあがって、病気をまき散らすのだ。

「でも紫外線が黴菌を殺すから」と、わたしたちはお互いに気安めをいいあう。

これだけひどい場所でも、女たちは男から隔離されていた。女と幼い少女はテントの入り口にかたまり、男やあらゆる年頃の男の子、ごく幼い女の子たちがそこいらじゅうを歩きまわる様子を眺めている。女の子は一〇歳くらいで自由を奪われ、女の仲間入りをしなくてはならない。それまでが一生でいちばん自由を満喫できるときだ。女性のテントに向かって歩きだしたわたしたちは、おおぜいの女や子どもたちに取り囲まれ、薬をくれ、どんな薬でもいいからくれとせがまれる。これはひとつには、貧しければ貧しいほど無知で、西洋の薬をひたすらありがたがるせいだ。薬害の恐れがあるので自分ののむ薬には気をつける必要があるという話など、聞いたこともないのだ。ひとつには、実際に薬をひどく必要としているせいでもある。「そしてロシア人がわたしらの村を爆撃して、畑にあった作物をめちゃめちゃにしてしまったので、わたしらは山を越えて……」そして数週間におよぶ旅の間、女たちも子どもたちも、年齢にかかわりなく、食べる物も飲む水もろくにないまま半病人になったのはいうまでもないし、下痢に苦しみ、腕や脚を骨折し、リューマチにかかり、神経障害におそわれ、眠ることもできなかったのだ。爆撃で受けた傷の手当ても受けていない。しかも薬はない、まったくない。かれらはひたすら薬をくれとせがみつづけるのに、わたしたちには数錠のアスピリンしかない。かれらはそれを奇跡かなにかのように奪い取った。

　この人びととの間を歩きまわり、なにもあげるものがなく、ただみなさんの状況をひろく伝えますと約束する以外にないというのは、ほんとうに恐ろしかった。

なかには話したくてうずうずしている人たちもあった。世界が知ったら必ず助けにきてくれると信じていたからだ。誰もかれも判で押したように、「ロシア人が村を爆撃したので、わたしらは山を越えてやってきた」と話しはじめる。ある女性の話では、ソ連人は村で人びとを見つけると、女性の腹を裂き、子どもたちを殺して「おもしろがった」という。村はずれでパンを焼いていた少女にソ連人が襲いかかり、パンのかまどに放りこんで焼死させたという話をした人もいる。そこでかれらは笑い声をあげたのだ。人間を生きたまま山積みにして石油をかけ、燃やしてしまったのを知っているか。人びとを生き埋めにして上から土をかけ、ぴくりとも動かなくなるまで戦車を往復させたのを知っているか。残虐な話はえんえんとつづく。「もっと聞きたいかね」と指揮官がすさまじい形相で迫る。わたしたちはけっこうですと答える。頭にあるのは、すでに自分自身のものではない恐怖をいやというほど聞かされたあげくに、悲しいかな、「同情疲れ」にかかりはじめたらしい西側の人たちのことだ。

自分の経験にとどまらない長い話を語る人たちもいた。あるテントでは、裂け目から空が見える下で、年老いた女性が家から逃げてきたときのぼろを着たまますわっている。テントの床の赤ぼこりの上に、脂じみた大袋が三つある。この老女の息子たちは五人も、ムジャヒディンとともに闘って殺されたのだった。すわりこんだ老女は身体をゆすりながら、涙にくれ、ゆらゆら動き、悲しみのあまり正気を失っている。

この訪問のさなか、指揮官がわたしの手にカラシニコフをもたせ、写真を撮ってもらえと要求した。わたしはたまたま手首を骨折して包帯をまいていた。このような劇的な写真をわたしが喜ばないわけがあろうなどとは、もちろん指揮官には理解できるはずもなかった。わたしは困りはてた。指揮官はわたしがいやがるので気を損ねた。これはカラシニコフじゃないか。仲間と同じように負傷したのではないか。この話は十分に文化摩擦として語ることができると思う。

映画カメラマンのもつ基本的なジレンマがはっきり出たのも、ここでのことだった。レオンはこのおそるべき苦しみをフィルムに収め、世界に示したいと考えた。そこにはアフガニスタンの最北からやってきた幼い孤児の少年がふたりいた。この世ではなにひとつもっていない。マザリシャリフにほど近い道をさまよっていたとき、ひとりの老いたトルコマンに助けられたのだった。なにひとつ知らず、なにがあったのか語ることもできなかった。父も母も兄弟も姉妹もみんないっしょにいたのに、そこへソ連の飛行機が飛んできた。ふたりはそれしかおぼえていない。老いたトルコマンはふたりを連れ、何日もかかってアフガニスタンを北から南へ縦断した。途中の食料は物乞いしながら手にいれた。いっしょに山を越えてアフガニスタンから出国し、ふたりをこのキャンプに連れてきた。この避難場所、食料も水もほとんどない砂漠地帯にぼろテントがちらばる場所に。トルコマンはふたりを引き取ってくれる家族を見つけた。ふたりはいまだにショック状態にあった。気のぬけたうつろな表情だ。レオンがふたりをフィルムに収めながら、質問しようとすると、ひとりのムジャヒッドがそのそばに膝をつき、なんとか話を繰り返させようと試みた。ふたりともなにも言えず、泣きだしてしまう。レオンはろうばいし、そばで見ている者たちもろうばいした。まったくひどいありさまだった。

しかも難民はいまだに流入する一方なのだ。いまや数千人、数万人が到着した後で死んでいる。パキスタン人はもはや難民の登録を行っていない。対処しきれないというが、誰が責められよう。国際救援団体が手をさしのべているが、とても十分とはいえない。四〇〇万人というのはひじょうな数だ。西側諸国があちらこちらで数千人ほど受け入れていることは、自分で大々的に主張している。パキスタン国民は数百万人を受け入れ、しかも七年間つづけてきたが、かれらは決して金持ちではない。

わたしの話には、イランにいる五〇万から一〇〇万（ごく最近聞いたところでは二〇〇万人）の難民は含まれていない。パキスタンにいる難民が苦労しているとしても、イランにいる人たちの苦労にははるかに及ばない。最近になって、赤十字が一部のキャンプを視察する道がわずかに開かれた。イランはつい先頃ソ連と協定を結んだが、難民たちは今後どうなるのだろう。この協定が締結される以前でさえ、ホメイニは戦闘から抜けて家族に会いにきたムジャヒディンを、そのままソ連側に引き渡していたのだ。ある人がこの話を聞いて、アフガン人に質問した。「だが、ホメイニはそんなことをやってムスリムとしての自分とどう折り合いをつけるのだろう」。アフガン人は容赦なく、こんなふうに無邪気に表明できる原理をもてて喜んでいるのさと答えた。

この間もずっと、わたしたちはアフガン難民のなかの教育を受けた女性、専門職をもつ女性に会えないかと手をつくしていた。前もってこのことを話し合った際、こうした女性に会ったら、パキスタンにきてパルダやベールなど不利なことは多々あっても、ソ連という国、女性を解放したと主張してきたソ連による祖国侵略に対する抗議はやめないと、言葉をつくして語ってもらいたかった。だが、こうした公式化にわたしたちはすぐに当惑を感じた。知らず知らずにソ連の宣伝に影響されていたことがわかったからだ。アフガン難民の女性のなかに、わざわざこんなことをいう必要のある女性などは見出せないにちがいない。当然しごくのことなのだから。

アフガン女性のタイプあるいは全体を代表する女性として、かりに名前をアミナとよぶ女性の身の上を聞かされた。教育を受けているか若干の教育があり、アフガニスタンでは洋服を着てベールもかぶらず出歩く自由をもち、自分から進んで、おそらく看護婦か会計士になるための教育や訓練を受けていた。家族は父親もふくめて、彼女の努力を応援した。高度の資格をもつ技師と結婚したが、夫は教育のある解放された妻を望んでいたので、この結婚はうまくいった。そこへソ連の侵攻が起こり、彼女は幼い子どもたちを連れ、身重の身体をおして山を越え、ソ連の手を逃れた。おなかの赤ん坊は生まれてすぐに死んだ。難民キャンプではふたつの小部屋とベランダのあるましなキャンプのひとつに住んでいる。そこで彼女は突然、因習的な考え方の女たちに取り囲まれてしまった。アフガニスタンではまったくつきあったことのない女たちだ。この女たちは彼女が自分たちより高い教育を受けていて、あらゆる種類の危険な近代的観念をもち、それを隠しておけないことを知る。もっとひどい状態にある者たちのねたみが、それぞれの苦労に加えて、悪行を摘発し律法を主張してキャンプをうろつくムッラーによって増幅し、この女性を迫害する。彼女はパルダにもどり、女性の居室を出るときはベールをつけなければならない。この掟をほんのわずかでも破ると、ムッラーに通告される。彼女がいるのは政党のキャンプだし、食料も政党にたよっているし、彼女の不品行によって子どもたちがひどい目にあうだろう。彼女の状態は獄中にいるのと変わらず、アフガニスタンの戦争が終わるまでは出口はまったくない。

「こうした女性にインタビューする算段がつかなければ、それに映画を撮るのはたしかに難しいだろうから、この話を書けばいいではないか。ひじょうに多数の女たちがこれと同じ状況にあるのだ」と、アミナの話を語ってくれたアフガンの男はいう。

教育のある女性にインタビューして、フィルムに収めようという試みはいぜんつづいたが、不思議に必ず失敗してしまった。

学校で働いているある女性が、彼女の家にいって映画を撮るのは「まったくかまわない」といった。だがこの「全然かまわない」という文句は、わたしの経験では必ずなにかよくないことが進行中であることを意味する。

人通りの多い路地に光る数千ものスパイの目を逃れるために、彼女のほうからホテルにやってきたほうがよいという。そこならば誰ひとり彼女のことなど知らない。彼女はある日の黄昏時に、ベールで完全に顔を隠し、家族のなかの男につきそわれてやってきたが、それは正しかった。わたしたちはホテルのわたしの部屋に行った。そこで、いつものようにこの包みにくるまれた女性の包み紙がはがされるにつれ、活発でほがらかな女性、わたしたちにもおなじみの女性が姿をあらわした。わたしの部屋で誰にも見られずに食事をするほうがいいかしら、とわたしたちはたずねた。それとも、思い切って芝生に出ましょうか。もう外は真っ暗になっている。あの息のつまる部屋に毎晩閉じこめられていたのだから、庭にすわるのもいいのではないか……彼女はそうしたいと答えた。我慢できなかったのだ。弟もいいという。そうしてもかまわないと思うとかれはいった。誰にも見つかるはずはないだろう？　そこでわたしたち数人は、暗い芝生の椅子にすわって、彼女の嘆きを、そして弟の嘆きを聞いた。ソ連侵攻以前のカブールにあった自由が失われてしまった嘆きを。そこで不運なことが起きてしまった。彼女の住む町の一角からやってきたひとりの男が、わたしたちのテーブルに突然姿を見せたのだ。自分も仲間に加わりたいといい、強引に腰をおろし、映画技師として働きたいという。一日か二日前、わたしたちがその近所へでかけた折り、この男は後をつけてきた。わたしたちにつきまとって離れなかったのだ。どうしても振り切ることができなかったのだが、わたしたちはこの男が嫌いだった。男は突如、わたしたちのお客、ベールをつけないアフガン娘に気がつき、そこでもう一度じっくりと眺めた。彼女は身を震わせている。ここは妄想の都会、ペシャワルであるところから、わたしたちは全員、この男は地域の警察から派遣されてきたのだと考えていた。このかわいそうな女性がその夜部屋を出たことをかぎつけて、けちな警官を調べによこしたにちがいない。いずれにしろ、彼女は毎晩たしかに自分の部屋にいたのだ。まったくの偶然などであるはずがない。男は立ち去る気配もなくうろつき、若い女性は身をかたくしてすわっている。「あなたに迷惑がかかるかしら」とわたしたちはささやいた。「いいえ、だいじょうぶです、なんでもありません」と彼女はいった。ようやく男が行ってしまうと、彼女はトイレはどこでしょうという。気分がわるくなったのだと思う。

インタビューの際、「女性を抑圧するのはイスラムか男か」といった進歩的なムッラーがいるが、かれはこうした場面を決して認めないにちがいない。だが、これはヒエラルヒーでかれが占めている地位よりもはるかに下のほうで起きていたことなのだ。たぶんかれの見地からすれば、ちょっとした弱い者いじめをする警官など、とるにたらない人間なのだ。こうしたレベルのささいな脅しや迫害など、ムッラーはほとんど知らないことはたしかだ。なぜたしかなのか。なぜなら、御主人さま方、こうしたことは世界じゅうのどこの国でもいたるところで行われていることはすぐ目につくではありませんか。「なんだって？　わが署の警官がわいろをとり、無実の人を痛めつけ、証拠をでっち上げているというのかね。そんなことはありえない！」「わが省の役人が上から下まで腐敗してるだって？　とんでもないいいがかりだ！」

新しい計画がもちあがった。この女性が母親と父親といっしょに、日曜日つまりは金曜日にわたしたちのところへきて、全員で経験を語り、カメラに収まるという計画だ。そこでみんないっしょにホテルの部屋のなかで昼食をとろう。そこなら安全だ。そのあと、女性たちはベールをつけて、みんなで美術館へでかけよう。女性たちはとても喜ぶだろうし、もののわかった国での生活を思い出すようになるだろうと、かれらはいった。だが、当日の朝、一家の使いの者だという若者が現れた。なんと悲しいことに、母親が病気で、娘はもちろん家にいて看病しなくてはならない。

数日後、例の警官が、教育のある女性とのインタビューと撮影を許可するとわたしたちに約束したことを思い出し、上から下まで着こんだふたりの少女を連れてホテルにやってきた。看護婦の訓練生だった。警官は出ていこうとしない。ということは彼女たちがベールをとれず、したがって撮影もできないわけだ。ついに警官にお引き取りを願うことになったが、出ていくときはかんかんに腹を立てていた。少女たちがベールを勢いよく脱ぎ捨てると、おしゃべりで気さくなふつうの女の子たちになる。がんじがらめの生活から抜けだすチャンスにわくわくしている様子だ。警官は一五分ぴったりでもどってきた。そこでふたりはまたしてもベールをかぶらされ、警官に連れられて帰った。

「消えてしまうレディたち」とでもよべそうなわたしたちの訪問のライトモチーフ、テーマは、ひきつづき居すわっていた。これといってなにもせず――（そしてすわりこんだまま）――わたしたちはどうすればかわいそうな女性たちの看守を出しぬけるか、計画をたて策を練っていた。だが、わたしたちは失敗した。それに必ずほかのもっともな理由があったことはいうまでもない。アフガニスタンにまだ身内が残っている人たちは、日陰の生活から出てくるのを恐れた。身内を人質やてこに利用するのは、ソ連のお気に入りのテクニックなのだ。

ナンシーとわたしは、飛行機で半時間ほどのヒンズークシ山脈のチトラルに行こうと決心した。小型機にはいつものようにとろけるような美人のスチュワデスが乗っていた。ごく少数のおおやけの場所にいる女性がなぜそろいもそろって美人なのか、わたしにもようやく理解できるようになっていた。女性の顔を家のなかに追いこんでしまい、外で見るのは男、男ばかり、ふさぎこんだ男たちの群ればかりになってしまったため、女の顔を見る口実ができると、パキスタン人はとうぜん、必ずきれいな顔が見られるようにしているのだ。これを偽善といってもいいとわたしは思う。

わたしたちは山々の間をぬけて飛んだ。眼下には丘陵地帯から山腹一帯に入り組んだ段々畑がはてしなくひろがる。まるで緑色をした魚の鱗かスパンコールのようだ。チトラルの空港には、マウンテンビューーインの男がジープで出迎えにきていた。ふつうの車ではチトラルの道は歯がたたない。ただちに警察本部に出頭しなければならないという。みんなそうするのだと。チトラルは軍事的意味の大きい地域で、アフガニスタン側の山脈の数キロしか離れていない射程距離にソ連人がいるし、反対側には中国人がいる。アフガニスタン側の雪におおわれたのこぎり歯のような頂上は、道路から手が届くようなところにある。

わたしたちは警察署で長時間待たされ、わたしの目は大きな木の掲示板に吸いよせられる。前世紀末いらいの地方長官の名前がずらっと並んでいるのだ。インド亜大陸が英国から解放された一九四七年までは、すべて英国の名前ばかりだ。大英帝国の「なんとかタートン、なんとかバートン」といったまさにイングランド風の名前がつづく。よく見るとかれらはいずれも一年間しか駐在していない。チトラルの山のなかの寂しい場所に、大英帝国の代理を任ぜられた若者を想像してみる。かれの姿はかんたんに思い描ける。そうした若者をわたしはたくさん知っているからだ。堅苦しくて内気で、大英帝国の価値を断固として信じているまったくの律義者。良心的だが、自分のまわりの人びとに対する洞察はひとかけらもない。わたしがこの大掲示板が物語る歴史、敵対的な部族がとりまくこの地に派遣された若者たちのことに注意を奪われている間、ナンシーはまったく関心を示さなかった。これにはとりわけ興味をそそられた。ナンシーにとっては、大英帝国などは他人の歴史にすぎない。わたしにとっては祖父母とか両親の知り合いだったかもしれない人たちの話だった。

やっとのことで警察署長に直接会えといわれた。がっしりした体格のなかなか立派な男が、もちろん制服姿で、書類を積んだ机の向こうに立っていた。部下が伝言だかメモだかをもって入ってくると、互いにかかとをカチッと合わせて挨拶したかと思うと、すっかりくつろいで気安い態度で接している――部下たちは明らかにこの署長を威圧的だとは思っていない。

署長はわたしたちの話を次から次へと聞きたがった。

西側ではどこであれ、年齢不詳のふたりの女がカメラをかついでうろつきまわっても、イスラム国でブルカを着ている女性と同じくらいまったく「目につかない」。誰が振り返ったりするだろう。ここではわたしたちは誰の目から見ても挑戦的、侮辱的な存在と映ったし、この署長を困惑させた。ナンシーのほうは身体じゅうにカメラやら付属品やらをぶら下げている。それにわたしたちはほんとうのことを話した。ナンシーが知っている医者に会いに行きたい、その医者はフリーダム・メデシンというアフガン人のための診療所をやっているはずだと。「もちろん、当局はこの医者のことは御存じのはずですね」。いや、全然知らない、と署長はいった。誰のことをいっているのかね。こうしたばかげたやりとりがしばらくつづく。わたしたちの旅はカフィール（異教徒）のカラーシャ族のところへ行くのが目的ではないのか。かれらはこの一帯の観光の最大の呼び物で、中世の暮らしを守る部族だ。わたしが読んだこの地方についての本はどれもこれも、メリーイングランドかなにかみたいなものを、実際そうであったにちがいないように書いている。たしかにうたや踊りがたくさんあるし、絵のようなところにちがいないのだが、不潔で臭くて概して食指が動かない。ええ、もちろん、カフィールのカラーシャ族に会ってみたいと思いますけど、今回はやめておきますわ。たぶん、今度きたときに行きます。こんなふうに見解の相違を披露しながらわたしたちは当惑していた。というのも、ふたりとも「ええ、もちろん、ぜひまたパキスタンへ行きましょう。ほんとうにすてきなところだし、まだ見ていないところも……」などといえるような世界の少数派には属していなかったからだ。

おしゃべりはまだつづく。冬はスキーができるでしょうかとたずねると、できるという。冬のチトラルはたいへんで、署長はそれを考えただけで気持が落ちこんだようだ。わたしたちは冬にお目にかかったほうがよかったかしら、とわたしがいうと、署長は笑ってみせた。そこでわたしたちは別のオフィスに連れていかれ、二日間の通行証を発行してもらった。

美しさのあまり感覚が麻痺してしまう場所がある。チトラルもそうだ。ぼうっとかすんで聳える山々の間にうずくまるようにつくられた町だ。ところによっては白い頂きと白い雲がとけあっている。いたるところで美しい山なみがぶつかりあう。まだ九月なのに太陽は朝八時を過ぎなければ顔を見せず、午後四時半には沈んでしまう。冬はどんなありさまだろう。夜はひたすら長く、陰鬱なうす暗い日中は、太陽がこの小さな町に暖かな手の平をおいたと思ったとたん、悲しくも過ぎてしまうのだ。警察署長が冬をひたすら恐れる気持はわたしたちにもわかる。

ホテルにもどると、目の前に庭が広がっていた。かなりのひろさで、植物も灌木もジンバブエのホテルの庭にあるのとまったく変わらない。だが、このホテルは、かの国の、たとえばバンバ山脈にあるホテルとは似ても似つかない。あちらは酒を飲むのが目的のホテルばかりだ。マウンテンビューインは六〇年代に建てられた優雅でくつろいだ雰囲気の二階建てで、ひろいベランダがある。ペシャワルではディーンズホテルを文明化されたホテルと考えることなど、わたしには思いもよらなかったが、マウンテンビューインの自負はつぎのやりとりからうかがわれる。

「ソーダ水をすこし、レモンをつけていただけます?」

支配人「ソーダ水はございません。ここはペシャワルじゃあないんですよ」

コカコーラとセブンアップはある。それにコカコーラならいくらだってあるのだ。

わたしたちはジープを雇うしかなかったし、運転手はもちろん警察の人間だった。愛想がよくて役にも立つ男で、きわめて古典的イギリス人の顔をしたヌーリスタン人をお供にしている。かれらはわたしにたえず怪しげな英語で話しかけ、イギリス人が大好きだという。

このジープでわたしたちは例のアメリカ人の医者がいるかどうか見にでかけた。病院はまだ建設の途中だったが、中庭にはすでにいまやおなじみの泥壁で囲んだテントがならび、忙しそうなムジャヒディンの訓練生であふれていた。ナンシーとわたしが近づいていくと当の医者が声をかけた。「ほらまた英語が聞こえてきたぞ――やっぱりだ！」ここはアフガン国境にごく近いので、ジャーナリストがひっきりなしにやってくる。かれらは歓待され、なにもかも見せてもらうと、さっさと行ってしまう。「さてそこで、その記事とやらはどうなったんだ」と、医者はたずねる。「書いたとしても印刷はされない」。そこで話は、一日に何度か繰り返されていると思われる方向にいく。西側の新聞はなぜアフガンではなくソ連の立場を報じるのかという話だ。

この男性は妻といっしょにアフガン戦士の医療班を訓練する大きなセンターを運営している。ムジャヒディンといっしょに戦闘に加わるためだ。センターの場所はペシャワルからさほど遠くないところにあるが、ここの診療所が実際の戦闘にいちばん近い、と医者は説明してくれる。

「それに、アフガニスタンから出てくる難民はたいていこの道を通るんだ。地方のキャンプから女や子どもたちが治療を受けにこられるのはここしかない。いつもなら今日あたり、ペシャワルから週に二、三回飛んでくる女医を待って、長い行列ができているはずなんだ。だがどういうわけか今日はこられないと聞いて、近づいてこないのだ」。どんなに病気が重くても、男の医者のところには決してこない。明日またきて写真を撮ってもいいと、かれらはいった。もちろん女たちだって撮れるとも！（ちっともかまわん！）そこでわたしたちは別れを告げてホテルにもどってきた。ベランダにはみんないっしょの食事の用意ができていた。うす暗くてよく見えない。いまだに判然としない理由で、週に二晩ホテルの電気が切れてしまうため、ろうそくが灯されている。夕食の席についたのは、スウェーデン人のフリーの写真家、オランダ人の夫婦。妻はペシャワルにあるアフガンの女性と子どものための病院で働き、夫はここチトラルで建設かなにかの仕事をしている。かれらは幼い子どもを連れていた。食事が終わると、あとは寝るしかほかにすることがない。ナンシーもわたしも、一時とか二時前にベッドに入ったことなどないのだが、ここではおとなしく十時には引き上げた。ベランダにはさまざまなパキスタン人、男たちがすわりこんで、ホテルの主人としゃべっている。主人は太った若い男で、魅力にあふれていることはいうまでもない。冬も営業しているこのホテルが、長い冬の間、地元民（男たち）の社交の中心となっていることはたしかだ。寝つけないまま、わたしはベッドで目を開けチトラルの夜の物音に耳をすます。どこか近くで生まれたばかりの子犬たちが、一晩じゅうキャンキャンと啼きたてていた。ロバが宇宙の悲しみを背負ったような声でいななく。男たちがまだわいわいとゴシップに興じながら、ベランダに沿ったそれぞれの部屋へ引き上げていった。近くで水の流れる音が響きわたり、壁のところでは蚊がぶんぶん飛びまわっている。じきに一番どりが鳴いた。その次は五時十分前の祈りの召集。チトラルは大きい町ではない。かなり大きいミナレット（尖塔）のついた美しいモスクがある。一回呼びかければ十分だろうと思ってしまう。だが、数分間に六回も、ろうろうとした男の声が、町にひびきわたり、ベッドからとびだして祈れと呼びかけるのだ。わたしは暗がりで、折った手首を不器用に動かして服を着こみ、表をのぞいた。すでに数人のひげとターバン姿の男たちが、まだうす暗い芝生の上で祈っている。かれらは立ち上がり、またひれふす。膝をついてはひれふす。イスラムの祈りはエネルギーを使う仕事だ。創始者はこうした体操についてこんなふうに考えたのだろうか。「祈りに一定のきまった動きを伴うことにすれば、そしてその動きが全身の体操になるように工夫すれば、みんな健康でいられるではないか」と。厳格なムスリム（男性）はこのトレーニングに等しいことを、一日に五回繰り返す。

祈りが終わる頃には、山々の頂上が次第に明るくなってくる。浴室にはわたしがいままで見たこともないような独創的なシャワーがあった。浴室そのものはへんてつもない大きなセメントを塗った部屋だ。なかにビクトリア朝サイズの洋服だんすがおいてある。ラジャの難破船からビクトリア朝のたんすがここに打ち上げられたのだろうか。洗面台には電気かみそりからひげそり用ライトなどなどあらゆる種類のソケットがついている——最新式の設備だ。小さな台座にトイレがある。シャワーは隅の壁からつき出していて、使うたびに床じゅうに水があふれてしまう。かまわないではないか。人が使っている間に床もきれいに洗えるというわけだ。

わたしたちは六時に、二〇〇人はゆうに入りそうな食堂で朝食をとった。ここがいっぱいになるのはどんな折なのだろう。これまで見たこともないくらい不潔なテーブルクロスのかかった長テーブルが二つ、直角におかれ、部屋のほとんどをふさいでいる。それとは別に小さいテーブルがぽつんとあって、そこでわたしたちは妻を亡くして悲しみにくれるやもめと同席で、朝ごはんを食べたのだった。ひとりきりになったやもめは、世界じゅうを旅行して歩いているのだという。パキスタンを選んだのは運がよかった、行楽地だし美しい観光地がたくさんありますからね。かれはどう見ても悪党にしか見えない。片方のこめかみは古傷でへこんでいる。武器商人だろうか。それとも麻薬か。ただのケチな年寄りのスパイか。たぶん、ある国の利益だけのために献身している旧式のスパイかもしれない。わたしの印象では、かれはドイツ人かオランダ人だった。

チトラルはかつてのシルクロードの交易地のひとつだった。「シルク」ということばから魅惑に満ちたあるいはぜいたくなイメージがわいてくるが、シルクロードは単なる石ころだらけの街道に過ぎず、ここでは山間を通り真下の川へ向かって急勾配の下り坂につづく。隊商の動物たちも一頭ずつ、一列で進んだにちがいない。大通りにあるチトラルのバザールに入ると、数百年昔に帰ったような気がする。石がごろごろした急坂の路地だが、両側にはお定まりの泥あるいは泥とわらの掛け小屋が並ぶ。屋根も泥をつみ重ねたものだ。昔からそうだったようにありとあらゆるものを売っているが、いまではその一部はプラスチック製品になった。バザールのいたるところにムジャヒディンが押しあいへしあいながら歩きまわり、難民キャンプにいる家族のために食料を買いこんだり急ごしらえの茶店でお茶を飲んでいる。わたしたちはなにか買うものはないかと見てまわってから、ジープで前日の医者の診療所へ向かった。だが、女医がペシャワルから来ていなかったため、女性の行列もなしで、映画も写真も撮りようがなかった。わたしたちはジープでこの道をガラム・チャスマまで行ってみようと決めた。これは「温泉」という意味だ。行き着くのに二時間かかったが、距離のせいではなく、道路があまりにひどいせいだった。ときおり車を止めてムジャヒディンを乗せた。景色は息をのむような美しさだった。道は山にそって行けるかぎりどこまでもつづいている。ときには川のなかに家ほどもある巨礫が見える。

半時間ほどドライブすると、壁をめぐらした白いテントがいくつもあった。山腹いっぱいにひろがっている。ムジャヒディンのキャンプだ。山には数百人の男たちがいる。わたしたちが車をとめると、運転手も気を使ってついてきた。だが、心配する必要はなにもなかった。帰国してから一週間後にわたしが見たムジャヒディンの映画では、みんなまるで麻薬にとりつかれて気がふれた野蛮人のように見える。このキャンプを撮ったフィルムをテレビで放映すれば、親切で行儀のよい男たちが秩序あるキャンプにいるという印象を与えるにちがいない。かれらの立場からすれば、ベールもつけない異教徒の女ふたりに突然でくわすというのは、厄介なことにちがいなかったが、いずれにしろこのキャンプは幹線道路沿いにあるため、ジャーナリストがしょっちゅうやってくる。かれらは非の打ちどころのない態度で接した。あるテントでは男たちは眠っていたし、別のテントでは談笑していた。家族に宛てて手紙を書いている者もいれば、本や新聞を読んでいる者たちもいる。ひとりが読んでいるのは英語の本だ。あるムジャヒッドは隣のテントとの空き地に腰をおろし、なにかのソースをつけた野菜入り揚げパンという食事をつくっている。どう見てもぜいたくな食事は期待できない。わたしたちがテントから立ち去ると、笑い声と冗談が聞こえた――わたしたちをネタにしているのだ。女のような裏声で「タシャクール」「タシャクール」(「サンキュー」「サンキュー」)と真似をする。耳ざわりだったり敵対的だったとしてもおかしくないが、この場合はまったく気さくなものだった。

わたしたちの車は山道をのぼっていった。ガラム・チャスマにつくと、運転手はわたしたちを小さな果樹園に案内して、チャイカナからグリーンティーをもってきてくれた。果樹園の向こう側では、新築ビルの煉瓦の壁の高いところに男たちがいて、大声で笑ったり冗談をいいあったりしながら働いている。壁はもろそうに見えるが、この山々に囲まれると人間的なものはすべて微々たるつまらないものに見えてしまうのだろう。緑の牧草地には数百頭の馬がいた。どの馬もよく肥えている。いまや夏の終わりなのだ。わたしたちがそこにいる間、馬はグループに分けられ、ムジャヒディンの脇で水を飲むため川辺に連れていかれた。

わたしたちは運よく、ムジャヒディンが山中の戦闘にでかける用意をしているところに到着した。かれらの行く先はパンジシールだった。そこに着くまで数日かかるだろう。ほとんど休みなく歩き、二四時間の間に四時間の休みしかとらず、その間に食事してお茶を飲み仮眠するのだ。兵糧用パンとしてこの地域特有の厚くて平たいナンをもっていく。ようやくアジトに着いたときは、膝まで腫れあがりもう休むしかない。足にはサンダルしかはいていない。雪がくると爪先や、足さえやられてしまう者も少なくない。

午後も遅くなった。九月の太陽が村の彼方にひろがる牧草地にふりそそぐなかを、数百人の男たちがつやつやした馬に荷物を積みにでかけていった。肩には毛布をかけ、愛用のカラシニコフを携えている。こうした仕事がすすむ間、わたしは村の大通りに止めたジープにひとりですわっていた。真向かいの小さな茶店は旅の前に最後の食事をとるムジャヒディンでいっぱいだ。かれらはジープのわきを通りすぎる。ひとりもふたり連れもまたグループも、通りすぎるたびに、必ず立ち止まる。ジープに白人の女がいるじゃないか。医者にちがいない。かれらは何度も何度も薬をくれという。薬も医者もなしで戦いにでかけていくのだ。ごめんなさい、あげられないんです、なにももっていないの。かれらの頼み方は率直ではっきりしているし、断られても失望にじっと耐えることに慣れている様子を示す。「通り」といっても実際には、泥とわらの建物にはさまれたわだちだらけの固い泥道なのだ。ここでもまた、数百年前に帰ったような気になるが、男たちがかついでいる銃だけは別だ。

ロバも通りすぎていった。列をつくった小さいロバが、わだちと石の間をトコトコと歩いていく。よく肥えているが、どのロバも腹帯や紐がこすれて傷ができている。冬が過ぎたら、こうしたロバの様子は一変しているだろうし、あのがっしりした馬も、そう、かなりの数が死んでしまうにちがいない。えさが足りない。

馬と男たちが列をつくって山道をのぼり、山中へ消えていった。

わたしたちはチトラルにもどった。チトラルのせいでペシャワルが大都会に見えたとしても、いまやガラム・チャスマを除いたチトラルこそ、文明そのものだった。でもわたしたちが考えていたのは、夜の山中をのぼっていく戦士たちのことだ。真っ暗で月も出ていない。あたりは静まり返っているだろう。たぶん聞こえるのは石にあたるひずめの音と夜鳴き鳥だけか。ムジャヒディンは不注意で騒がしいのですぐ敵の目につくという話を、わたしたちは聞きもしたし読みもしたが、この一行はまじめで用心深く信頼できるように見えた。

わたしたちはジープで再びフリーダム・メデシンにでかけた。夕食に招かれていたのだが行ってみると危機が生じていた。できかけの病院のベランダで、医療班として訓練を受けているムジャヒディンたちがブレナー医師を囲んですわっている。役所の支離滅裂のために診療所が閉鎖されるというのだ。一時的な閉鎖であってほしいと、かれらはいう。この地域には、ムジャヒディンだけでなく、近くの難民キャンプにいる数万人にとっても診療所はここ以外どこにもない。建物を明け渡し、テントも解体しなければならないという。なかにはこれから官僚主義相手にはてしない策を練らなければならない人たちもいるし、そのためにここにいる誰もかれもが時間をとられる。どの顔も我慢強い決意を示す独特の表情を示している。わたしがなんの薬ももっていないといったときのムジャヒディンとまったく同じ表情。

ブレナー医師にいわせれば、常に問題は最後までがんばることだ。かれはまったくの一文無しで最初の診療所をつくった。建物ができた後で、資金援助を求めたのだ。そして金は届いた。必ず届いたが、いつだって足りなかった。お手上げ寸前になると、どこかから資金がきた。ブレナー医師の話を聞いていると、「神が備えて下さいます」といった宗教者たちを思い出す。わたしたちが帰るときもかれらは狭いベランダに根気よくすわっていた。うしろは未完成の手術室だ。かれらの意志に反する官僚的な決定が下れば、こうして車座になるのもこれが最後だろう――どなたかヘラートの女性指揮官のことを聞いたことがないだろうかと、わたしたちはたずねた。男たちを率いて戦っている女性だそうですけど。返ってきたのは礼儀正しいほほえみだけ。その顔はそんなことはあり得ないと語っていた。

わたしたちはその夜も、最後の祈りの招集のあとすぐにベッドにはいった。ベランダの男たちは低い声で眠そうに話している。実際チトラルじゅうが眠りこんでしまったようだ――家のなかでは楽しいことがあれば、たぶん男と女が話でもしていればいいけれど。パーティのひとつやふたつあるかもしれない。だが五時には起きなくてはならない。実際五時に起きるとなると、やはりもう寝る時間だろう。冬の恐ろしさをこぼした警察署長のことを考えた。とすればチトラルの秋の夜長はおおいに楽しむという意味だろうか。

つぎにわたしたちがチトラルを訪問するときは、なにもかも変わっているにちがいない。企業心に富む支配人は喫茶店を建てている。チトラルには欧米人向けの喫茶店が一軒もないからだ。そこからは屋根や庭を見下ろし、川の向こうの山々まで展望できるだろう。その山々は大きな声で「ここも通れるぞ」といっているようだ。この渓谷を通ってアレクサンダー大王の軍隊や、モンゴル人がやってきたのだ。そしていまは、山の背のすぐ向こう側にロシア人が、時節を待ちつつとどまっている。

「たぶん来年の夏にはアメリカ人ももどってくるでしょうし、そうなればわれわれも金持ちになれます」と支配人はいって笑う。かれはヨーロッパ人と同じで、数発の爆弾で頭を抱えてしまうアメリカ人に、愛情をもちつつじれったがっている。誰しもいうように、この支配人も、「だがいったいなぜでしょう。自分のところでは国じゅうの都会でたえず殺し合いをやっているというのに」という。かれが肩をすくめてみせる。わたしたちがよくやるように。

ジープの運転手、つまりわたしたちを担当している警察のエージェントは、モスクの写真を撮るべきだといい、夜明けと同時に着いていなければならないと主張した。もちろん、この山間では、夜明けは遅い。モスクをめざしてでかけたわたしたちが、数人のターバンをまいたグレイのひげの男たちに道をたずねると、「モスク」という単語がわからないふりをする。当のモスクは見えている。わたしたちにはどの道を行けばいいのかわからない。ホテルにもどって聞くと、その道で正しいのだという。ムッラーたちに目をとめたりしてはだめです。登校途中の制服姿の子どもたちにまじって歩いていく。近代的な世界だ。モスクはきれいで明るくて優雅で、さまざまな色合いの丸天井がいくつもある。朝の光のなかに浮かんでいるように見える。遠くから見ると、まさにモスクがあるべきイメージの通りだ。だが、建て方がわるく、すでにしみがつき、ひびが入っている。おこったムッラーが二、三人、自分たちのモスクを写真に撮るナンシーをねめつけていた。

それからまた、子どもたちの群れに合流した。うしろから兵隊の行列がやってくる。めざす先には別の荒れ果てた建物がある。おそらくかつての宮殿で、昔の支配者たちはここで歓楽の限りを尽くしたにちがいない。入り口は目も見張るタイル張りになっている。近づいてよく見たかったが、軍の財産だったらどうしようとためらっていた。ナンシーのカメラからなにか付属品が下に落ちた。担当将校がそれを銃剣の先で拾いあげ、一礼してナンシーに渡すとわたしたちに向かって笑いかけ、どうぞお入りなさいという。兵隊たちの後についてなにもない大きな中庭に入る。周囲を取り巻く部屋は倒れかけている。兵隊たちは急ぎ足でそのなかに姿を消した。どうするつもりなのか、わたしたちにはわからない。この廃墟でなにかやることがあるのだろうか。この昔の宮殿のなかにいると、物悲しさに襲われる。ここもまたすぐに土の山になってしまい、それ以外かつて建物があったことを物語るものはなにもなくなってしまうのだろう。

わたしたちはその朝の第二便でチトラルを発つ予約をいれていた。こういってしまえば簡単だが、実際はえんえんと並んだあげく、つぎつぎと厄介なことが起きた。

チトラルの航空会社のオフィスはどれも小さなみすぼらしい部屋で、数メートル四方のベランダに発券の窓口が突き出し、人の流れが一方の壁から突進してきたかと思うと別の壁に消える。部屋のなかに入るには、行列から行列へとわたりながら、すばやく行動しなければならない。オフィスがあくたびにあせった群衆が窓口で押し合いへしあいする。わたしたち女性は、おおぜいの男にスパイされながら即座に部屋のなかに入れられた。そこなら男たちに見られずにすむ。わたしたちに超満員の飛行機のきっぷが渡される。飛行機はいつだって定員オーバーだ。チトラルからの飛行は、山の間を抜けていくかなり手ぎわのいる航行であるため、ほんのわずかでも天候が崩れそうだと、まったく飛ばない。そこで窓口には期待をかける乗客の群れがどんどんたまってしまう。わたしたちはなんとしてもチトラルを発ちたかった。ここにいる間に悪天候に閉じこめられたらどうしよう。ここで冬をすごす羽目になったらどうしたらいいのだろう！　もうひとつの道としては、冬でなければ、一〇時間かけて車で帰るしかないが、以前こうして帰った人たちの話では、ぞっとするような体験だという。「そう、一度でこりごりというのはたしかね」。冬じゅうの食料は秋のうちに運びこまなければならない。初雪が降れば道路は閉鎖されてしまうし、飛行機は飛んだり飛ばなかったりする。

人山が築かれたなかから、わたしたちだけオフィスに入れてもらえたとき、ひとりのムジャヒッドが、「いったいどうやってオフィスに入れたのかね。わしらは入れないのに」といった。「あら、だっておわかりでしょう」と、ナンシーがいささかの威厳をこめて答えた。「わたしたちは女性ですもの」

空港ではジープの運転手とヌーリスタン人のあくたれ助手に心から別れを惜しんだ。「ほんとうに素晴らしい運転をして下さったわ」と、わたしは心底からいった。あのジープで何時間も悪路を乗りこなしたのだから。その瞬間、ジープが後ろ向きに走りだした――かれはブレーキをかけ忘れたのだ。人びとは笑いながら道からとびのき、ジープの安全を確認してから、わたしたちは空港内に入った。そこでふつうのパキスタン服を着た男が、パスポートを見せろという。ナンシーが突然、本物のアメリカ革命の跡継ぎらしく、誰かにいわれたら黙ってパスポートを見せるような習慣はありません、とぴしゃりといった。ナンシーの応援をして、わたしも、身分を示す記章をひとつもつけていないじゃありませんかとつめよる。哀れな男は仰天してしまった。もちろん、かれは警察の人間で、わたしたちが確実に出発するのを見届けにきたのだ。ポケットをごそごそやると、「保安部」の人間であると書かれた写真入りの書類をひっぱり出して見せた。小さく折りたたまれた古びた紙きれだ。これを見てわたしたちはパスポートを差し出した。チトラルを去るのは悲しかった。

この山中の小さな空港は、地の果てにあるため、両極端がいっしょになっている。ビュッフェはない代わりに、それぞれ注文に応じてすわっているところへ男性が盆にのせたお茶を運んでくれる。その後、ナンシーとわたしは出入国審査を通り、パルダのなかに入る。当然ながら、ナンシーが身につけているカメラや付属品はぜんぶ取って下さいといわれる。わたしの場合は、折った手首のギプス包帯をとらされる。万が一、そのなかに麻薬かあるいはひょっとして爆薬を隠しているかもしれないからだ。この仕事を（もちろん）目もくらむような美女たちがやってのける。わたしの身体のあちらこちらを触るときは、困ったような、だが断固とした態度で笑いながらやる。チトラル空港のパルダは女性と幼児のための小さな部屋で、なかは満員だ。パルダのなかの女たちは窓の外をじっと眺めたり、たえずドアを細めにあけて向こう側はどうなっているかのぞいている。自分がなかに閉じこめられたまま、重要なことが起きている外の様子に耳をすませたり、なかから眺めたりするのがこのパルダという場所なのだ。

機内には空席はひとつもなかった。六〇年代生まれの背の高い長髪のアメリカ人が連れだされた。酩酊してろれつもまわらない。しばらくするとまたこの若者が機内に連れもどされてきた。銃をかまえた保安官が飛んでいる間じゅう、パイロットの横にいた。また爆弾が爆発したのだろうか、わたしたちの知らない間に空港で事件でもあったのだろうか。チトラルにいる間、新聞をまったく読んでいなかった。

わたしたちはぼんやりとかすむペシャワルにおりたった。ディーンズホテルでは濁った空気のなかでファンがまわっている。わたしの残り時間も少なくなってきた。チトラルに発つ前、わたしは探していたような教育のある女性の代わりに、ある男性の教授に会う機会があった。かれは同胞の女性を擁護してじつに雄弁に語った。このマジュラ教授は、カブールで文学を講じていたが、いまはペシャワル大学で教鞭をとっている。かれはこんなふうに語った。「ムジャヒディンに会われたそうですね。たいした連中です。ええ、たしかに。ですが、こういってはなんだが、かれらの妻になるよりはムジャヒッドになるほうが数千倍もましだと思いますよ。ムジャヒッドになればほんとうに苦労するし、ごくわずかな食料で何ヵ月も我慢したり、暖かい服もなく、負傷すればたいてい、手当てを受けられずに死ななきゃなりません。殺される者もおおぜいいます。しかし、それでもこのおそるべきキャンプにいる女性たちに比べれば、はるかにましです。われわれは山の民であり砂漠の民なんです。ひろいところに慣れている。アフガニスタンでは町のなかでも外でも、誰ひとり窮屈な思いなどしないのです。ソ連侵攻までは女性の生活も楽だった。ベールをかぶっている女性はごくわずかしかなかったし、ベールを強制されたりもしなかった。ムッラーの権力なんていまと比べると取るに足りないものだったんです。ムッラーがこんなに影響力をもつようになったのは、この戦争の悲劇です。アフガン人はほんらい、狂信的な民族ではないのです。ジハドについて語るのを聞けば、そう思われるかもしれませんが。この戦争によって、アフガン人の性格のある側面だけが激しくなったのです」

「女たちはみんなうたを歌わなくなってしまった」と、忘れがたい様子で教授はいう。「昔は、あの大破局が起こる前は、どの村へいっても女たちの歌声がきこえたものです。いまでは子どもたちといっしょに、いつ戦争が終わるともしれず、キャンプのなかに動物のように閉じこめられています。男たちは戦っているし、戦闘の合間にしかやってきません。何ヵ月もこないこともある。あなたの国の女性たちも、ときにはうつ状態になるという話を読みますが、それと同じように女性たちはうつ状態になって、鎮静剤にたよっています。もっとも運よく手に入ればの話ですが。パルダに入り、ベールをかぶることを強要され、キャンプから一歩も出られず、キャンプを管轄するパキスタン当局の管理下におかれているのです。いや、わたしはパキスタン人を批判しているわけじゃありません。パキスタン人がいなければ、わたしたちは全員死んでいたでしょう。アフガン人はひとりも残っていなかったにちがいありません」

ついで、この教授はソ連によるアフガン人知識人の殺害について語った。「詩人も劇作家も作家も知識人もひと世代まるごと、ソ連の監獄のかなたに消え、それきり消息をたったんです。アフガニスタンでは文学運動が発展しつつあった。まったく新しい、ひじょうに有望なものでした。こうした人たちがすべて、一掃されてしまったんです。世界はなぜこれに抗議しないのでしょう。こんなことがこの時代以前に起こったでしょうか。つまり同時代の知識人があっさりと抹殺されてしまったのに、誰からもなんの抗議の声もあがらなかったなどということが。かれらの名前をあげれば、あの壁の上から下まで埋まってしまうでしょう。どの人も拷問され、殺されたのに、小声の抗議すら起こらなかったのです」

ようやくわたしたちはインタビューもできるし、自薦モニターによる監督なしで写真も撮れる女性を見つけた。それまでは困難きわまるように見えたことが、長い苦労のはてに実現したことと同じように、しごく簡単なことになった。タジワル・カカールに対しては誰であろうと、彼女がやりたくないことをやらせるのはとうてい無理だろう。小柄な女性だが、精力的で決断力があり自信に満ちている。通例の乏しい状態で七人の子どもといっしょに暮らしている。教師をしながら五女二男を養っているのだ。その働きぶりはすごい。

アフガニスタン北部のクンドゥーズにいたが、一九七八年の共産主義クーデタの直後から抵抗運動にかかわるようになった。運動の男性指揮官の助けで、彼女は少年のための武器と爆破の訓練学校を設立した。共産主義政権に反対する数々のデモを煽動し参加していたが、一九八〇年にソ連が侵攻すると、カブールにいる死んだり投獄された男たちの家族に、金や食料や衣料をとどける仕事を与えられた。そのカブールで教師としての職をえると同時に、積極的に非合法活動に参加した。

共産党の党員らはタジワルに向かって、逮捕するぞと脅しをかけた。彼女は、「あなたたちは偽善者だ。ことばは立派だけどやることは汚い」といった。タジワルは逮捕され拷問にかけられた。ソ連にたいして情報はいっさい与えなかった。「他の女囚にたいするあまりにも悪い手本」だったため、独房にいれられた。それでも彼女からなにひとつ聞きだせなかった。タジワルは釈放され、クンドゥーズに帰った。そこでまた抵抗運動をつづけていたところ、彼女のことをよく知っている男がクンドゥーズのKHADの役人に任命された。タジワルは家族とともにその手を逃れ、ムジャヒディンの助けでカブールに行った。

わたしたちはおさだまりの質問を彼女にぶつけた。「ソ連はアフガニスタンの女性に自由をもたらしているといってます。これについて、どう思われますか」。タジワルは笑いだし、大破局の前は監獄にいる女性などひとりだってなかったと答えた。いまじゃアフガニスタンのどの刑務所も女性でいっぱいだわ。

レジスタンスのなかには女性もいるという話は、さりげなく出てきた。「ヘラートには女性の抵抗運動戦士がいます。自由戦士だった父親が殺されたのです。ついで、兄がかわって指揮官になったのですが、この兄も殺されてしまいました。そこで彼女が兄にかわって独立した女性戦士のグループをつくったのです。このグループはムジャヒディンから武器をもらってますが、独自の力で作戦を遂行しています」

それでは三〇〇〇人の男を部下にもつメアリアムという女性はどうなのだろう。いまではもう、わたしたちがペシャワルに着いた当座、最大の関心事だったことが、重要な意味をもたなくなり、うわついた関心、西洋人のセンセーショナリズム、あるいは仕掛けの利用にさえ見えてきた。誰が戦っていてもいいではないか。かれらにとってそんなことは問題ではないのはたしかだ。かれらにとっては、戦いそのものが重要なのだから。

わたしはイスラマバード経由で帰国した。帰りの飛行機の座席はひどい席で、もしこれが行きのペシャワルまでの飛行機だったら、わたしは人間と自然との闘いのような風景を知らずに終わったにちがいない。

イスラマバードではひと晩ホテルに泊まった。眠れない状態はまだつづいていて、午前〇時をまわったあと朝まで窓辺にたち、外を眺め物音に耳をすませていた。むし暑いうえに、ほこりとガソリンと香料と下水のいりまじった臭いがする。ロンドンとはまったくちがう物音にじっと耳をすます。ここでも人びとは早寝だ。それでも上の方の階から明かりがもれ、そこからひと晩じゅう歌が流れてきた。男がひとりで歌っている。あこがれと奪われたもののつらさをうたうスローで悲しい歌。わたしのすぐ目の下では、駐車した車のあいだにホテルの夜警が三、四人の仲間とたむろしている。ターバンをまきひげをはやしたしかつめらしい男たちは、お茶を飲み、出ていってはまたぶらぶらもどってくる。ぼそぼそとした話し声は、時折バスか自家用車の発車音で中断される。日中の暑さと混雑を避けて早々とどこかへでかけていくのだ。上の階の明かりは消えず、歌声はいつまでもつづいていた。しばらくすると、祈りの合図がひびきわたった。その声は男の歌声と同じようにせつなく物悲しい。悲しみのデュエット。

パキスタンから帰って日がたつにつれて、わたしの感嘆の思いはつのってくる。ペシャワルではパキスタンの動機について人びとはシニカルに語る。難民のための援助や武器が盗まれているとか、当局者はすぐ買収される、難民キャンプがあることだけで経済がうるおっているなどなど。どれもほんとうだろう。だが、わたしがパキスタンからもどると、かつてはヨーロッパで歓迎された労働者たちが送り返されていると報じられた。ヨーロッパだけではない。アラブ諸国も外国人労働者を送り返している。わたしたちもペシャワルで何人かの帰国者に会った。ヨーロッパの金持ち国がわずかな難民を受け入れているからといって、わたしたちはなんと大騒ぎをしていることだろう。だが、ジアウル・ハク将軍はいささかも動じない。将軍は難民をソ連の手に返したりはしないだろう。

他方、ベナジル・ブットは、自分が政権を握ったら難民を帰国させると語った。

一九八六年十一月

地対空ミサイル「スティンガー」が数基、ムジャヒディンのもとに届けられつつある。要求されたほどでも、これで勝てるというほどの数でもないが、それがあるという事実でかれらの士気はおおいに高揚するにちがいない。

一九八六年十二月

この本が刊行されようとしているいま、ソ連が一定の条件の下で六ヵ月の停戦を提案しているると伝えられる。ムジャヒディンがこの条件を受け入れないことは、ソ連はもちろん承知している。戦争を終わらせるにはムジャヒディンとの協定を成立させなければならない。

ソ連はなにを獲得しようとしているのだろう。すでにどのような成果をあげたのだろう。

1　秋にソ連が少数の部隊を撤退させると発表した際にも、人びとはほっとした様子で、「やれやれ、けっこうなことだ、これで戦争が終わるじゃないか」という。わざわざ気にすることでもないし、考える必要なんかないことはいわずもがなだ。新提案のこうした側面は、戦争開始いらいのソ連の宣伝の繰り返しであり、ねらいはすべて、西側の戦争への関与、関心を減らすことにある。

2　アフガン難民をめぐりパキスタンは以前にもまして分裂を深めている。パキスタンはハク政権でないとしても他の政権の下で、難民を送還させる決定をくだすかもしれない。難民が帰国しようとしまいと、政情不安のこの国はいっそう不安定になりつつある。

3

ムジャヒディンのなかには戦争をやめたくなる者も出てくるだろう。数は多くないとわたしは思うが、屈伏する者もいるだろう。ただ、そのために抵抗運動は弱体化し混乱するにちがいない。その反面、まさにこの混乱によって、つまりこの戦争に新たなきびしい要因がもちこまれることによって、抵抗運動は激化するか、あるいは新たな行動様式へと脱却する可能性もある。

ソ連が戦争終結を望んでいることはいうまでもない。しかし、自分のいう通りの条件で終わらせたがっている。今回の提案は、ソ連が目下構想している以上に、はるかに爆発的な結果を招くのではないだろうか。たとえば、もしパキスタンが混乱状態に陥れば、ソ連は必ずや侵攻の誘惑にかられるだろう──その結果どうなるか。あるいは、（ソ連が予測しえないあらゆる方向で）展開しつつある情勢によって、ソ連が望む以上に国際的な介入を押しつけられるとしたらどうなるか。もしムジャヒディンや難民が強制的に本国に送還されるとすれば、大量殺戮を防ぐには厳重な国際的監視を行うしかないことはたしかだ。国際的介入の度合いが高まればそれだけ、必ずソ連の意志に反する政府が出てくることになる。

今回の提案を、七五〜六ページで紹介した軍人の語るソ連の態度の範疇に入れることができる。あまりに融通がきかないために、ことがうまくいかないと、別の戦術を試すかわりに、すでに用いているやり方をさらに強化し、ときには自分が救おうとしているものを破壊してしまうのだ。

他方、この本が出る一九八七年三月までに、ムジャヒディンの要求が真摯に認められていれば、ソ連という国は性格が変わったと思われるだろう。

同時に、アフガニスタンの国外国内双方でアフガン人は緊急に援助を必要としている。ごく最近、フリーダム・メデシンが運営するチトラルの診療所は、パキスタン政府によって許可がおりたという知らせを受け取った。カンパは以下のところへ送ってほしい。

Freedom Medicine
941 River Street
Suite 201
Honolulu, Hawaii 96817

さらに、以下でも扱っている。

Afghan Relief
Registered Charity No. 289910
PO Box 457
London NW2 4BR

銀行に直接振りこむ場合は、

Messers C. Hoare & Co.
16 Waterloo Place
London SW 1 Y 4BH
Acc. Afghan Relief No. 93322000

一九八七年一月

III

レジスタンス戦士タジワル・カカール夫人は語る

パキスタン北西部のアフガニスタン難民キャンプの女性の部屋 (1988.3)

アフガン情報センター月報五七号
一九八五年十二月

地下抵抗運動

タジワル・スルタンとのインタビューその1

抵抗運動のなかでタジワル・スルタンの名で知られているタジワル・カカール夫人は今年三七歳、七児の母親（五女二男）。現在は難民として家族とともにペシャワル（パキスタン）で暮らしている。

教師養成のカレッジから昇進して、北部アフガニスタンのクンドゥーズ市で教師、さらに校長を務めた。一九七八年四月の共産主義者によるクーデタの直後から、積極的に抵抗運動にかかわりはじめた。この地方の抵抗運動の男性指揮官とともに、チョコル・キシュラクという小さな村に学校をたて、少年たちに武器と爆破の訓練を受けさせた。カカール夫人は（ラバニ教授の）ジャマアテ・イスラミ抵抗運動の指揮官たちの会合に出席を許された。この会合には、オアジ・イスラムディン、ネク・ムハマッド・カーン、マラウィ・アブドウル・サマードといった著名人が列席していた。この会合で夫人はつぎのような提案を行った。

1　すべての自由戦士とくに指揮官らは、戦争が終わるまで結婚すべきではない。

2　共産党当局によって逮捕された後、一〇日ないし二〇日で釈放された抵抗運動の戦士は信用すべきではない。

3　抵抗運動の下部への敵の浸透を防ぐために、すべての戦士の経歴を調査する特別組織を明確に確立すべきである。

一九七九年四月、共産党政権樹立一周年にあたって、カカール夫人とその仲間は、公式式典を混乱させようと決めた。教師は生徒をパレード会場まで引率してくるよう命じられていた。夫人は女の友人たちといっしょに、一部の子どもたちにゴム風船と爆竹を配った。パレードが始まると、ほうぼうで風船がわれ爆竹が鳴った。人ごみのなかから女性たちが、「ムジャヒディンがくるわ！」と叫び声をあげると、人びとは走りだした。パレードの警備にあたっていた兵隊たちが、すぐだまされて発砲した。大混乱になった。パレードに参加していた党員たちは右往左往し、正面の演壇も混乱状態に陥った。人びとが殺到するなかでおおぜいが負傷した。県知事夫人すら負傷し病院にかつぎこまれた。式典は取り止めになった。

ついで、当局は五月一日の「労働者の日」の式典を挙行することを決めた。カカール夫人をはじめ仲間の女性たちは黙って見物しているのはいやだと思った。祭典の前日、何人かの信用できる生徒たちに、スズメバチをつかまえて小さい箱に生かしておきなさいといった。またも大群衆が集まった。武装した党活動家たちが、プラカードや旗や政府指導者の大肖像画などを掲げて、スローガンを叫びながら、軍隊式の行進を開始した。地下活動をしている抵抗運動のメンバーたちが群衆をぐんぐん前へ押し出すと、子どもたちが手のつけられない勢いで隊列を組む党員たちの間をかけぬけ、その足下で箱をあけた。ズボンやスカートにスズメバチが入りこみ、チクチク刺しはじめた。誰もかれもばたばた走りまわり、手にもっているものを全部放りだしてしまった。だが、子どもたちはやりすぎてしまった。スズメバチの数が多すぎたのだ。群衆のなかにいた人たちも刺された。みんな金切り声をあげて走りだした。メーデーの祭典はそれきり再開されなかった。カカール夫人の語るところによれば、「その日、指導者の写真やらシャツやらなんやらが何百と地面に散乱してました。しかもこの混乱のなかでわたしたちは軽装備とピストルを二五丁も集めたんですよ。機関銃は地方にいるムジャヒディンに送り、ピストルは都市部の地下抵抗運動の軍事部門にいる女性たちに渡しました」

カカール夫人はベールですっぽり顔をつつみ、村の女性に変装して、個人的な陳情を口実に各役所へでかけては、抵抗運動のコネクションをみつけたり、情報を交換したりしていた。抵抗運動の戦士たちの会合に自宅も解放した。男たちは一八人いたが、彼女は女性の抵抗運動グループの責任者に選ばれた。パンジシールからきたムジャヒディンが夫人を強く推薦したのだった。

その後、抵抗運動の囚人や殉教者の家族を救援する委員会が設置された。資金や食料や衣料が集められ、困っている家族に届けるためにカブールへでかける任務がカカール夫人に与えられた。こうして彼女はカブールにやってきた。一九八〇年の初めの頃で、ソ連はすでに侵攻していた。夫人はガフール・ナディム学校に教師の口をみつけた。生徒数は七〇〇〇人(男女とも)、教師が三〇〇人でそのうち二〇〇人が女教師だったという。校長がカルキ党(共産党)の党員だったが、女教師のうち党員はたった二〇人しかいなかった。のこりはすべて共産主義政権に反対しており、抵抗運動に積極的にかかわっている教師も少なくなかった。だが、全員がすすんでデモに参加し、夜間に手紙を配ったりその他の危険な仕事をやっていた。

カブールでカカール夫人は地下抵抗運動の組織的な活動に積極的にかかわるようになった。一九八〇年三月の反ソ大衆蜂起の準備にも加わった。男性の抵抗運動諸組織と密接に連携しつつ、女性たちは自らつぎの三つの部門をつくった。

1　敵に協力している人たちについての調査。
2　容疑者の追求とかれらのコネクションの究明。
3　作戦グループ。

敵に対する作戦グループでもっとも積極的に活動したのは、フンディアという名の若い女性だった。美しくてひじょうに無邪気な様子をしているが、ソ連人の誘拐と処刑にかけてはきわめて有能だった。彼女は少なくとも一五回の作戦に成功した。犠牲者はすべてソ連人だった。

カカール夫人自身は反政府ポスターやパンフレットの作成と配布にたずさわる一方、政権に協力する傾向のある当局者にたいし、脅しをかける任務も担当していた。ある人物に三度警告を与え、三度目以降はその人物を作戦グループに引き渡した。

女性たちはふつう、政権内部のコネクションから情報を得て、それを自分で使うために都市の抵抗運動緒組織に回したり、地方の指揮官たちの役に立ててもらった。ソ連人や敵のエージェントが行方不明になったり殺されたりした場合、そのほとんどは女性が率先してやった。爆破事件もほとんど女性が責任をもって行った。

しかし、女性たちもまた大きな損失をこうむった。何百人もの女性が逮捕され、拷問され処刑された。カカール夫人は獄中で一年過ごし(一九八三年)、おそるべき拷問を受けた(彼女の獄中体験は本月報次号で紹介する予定)。

カカール夫人は地方都市で抵抗運動にたずさわる女性たちについての情報も確認した。北部のクンドゥーズの女性運動は、夫人自身が組織したものだが、このほかにも西のヘラートとカンダハルに強力な女性の抵抗運動がある。ヘラートでは、ラジア指揮官が、女性の抵抗戦士として名が高い。彼女の父親が自由戦士だったのだが殺された。ついで、兄が指揮官になったが、この兄も殺された。ラジアは兄の任務を引き継ぎ、ついで一九八三年に独立した女性戦士の組織をつくった。彼女たちは武器を供給され、地方での作戦遂行すら引き受けている。

カンダハル市内では、一九八一年いらい抵抗運動に加わる女性がますます増えている。年長の女性たちには、子どもの世話と家の面倒をみるという仕事が与えられる。こうして若い女性たちがムジャヒディンとともに自由に行動できるようになった。彼女たちは武器や弾薬や情報をベールに隠して運ぶ。きれいな女たちはソ連人やカブール政権の手先を誘拐して、ムジャヒディンが待ちうける家に連れてくる。

アフガン情報センター月報第五八号
一九八六年一月

アフガンの監獄生活

タジワル・スルタンとのインタビューその2

抵抗運動のなかでタジワル・スルタンの名で知られるタジワル・カカール夫人は、地下抵抗運動での経験（AIC月報第五七号に紹介）とならんで、獄中の生活についても語った。以下にインタビューその2として紹介する。

カカール夫人が最初に逮捕されたのは、一九八二年十二月二十六日のことだが、そのときのことを彼女はこう語っている。

「わたしの地下細胞のメンバー数人が逮捕されて、わたしの名前がもれたのです。わたしはK

HADの要員にきびしく監視され、後をつけられました」

カカール夫人はさまざまな活動に加えて、十二月二十七日（ソ連侵攻の日）のデモも組織していた。十二月二十六日の午前十一時、武装した男たちを満載したジープが二台、彼女の家の前にとまり、ふたりの女性が玄関にきて行き先も理由もいわずにいっしょにきなさいといった。彼女はその前から、一六歳になる娘のファウジアと一二歳の息子のテモールに、万一、母さんが逮捕されたら家にある書類をすべて安全な場所に隠し、友人たちに家にこないよう知らせなさいと教えてあった。幸いなことに、家の捜索が行われたのは、すでに書類を全部運びだしたあとだった。最初にシシュダラクにあるKHADの本部に連行された。そのビルの二階にある一一号室に入れられた。寒くてじめじめした部屋だった。着ていたコートとセーターはどこかへもっていかれた。夜の十一時になって、地下にあるもっと大きな部屋に移された。部屋の各隅では三つにわかれた人びとが椅子にすわっていたが、そのなかにソ連の顧問もいた。カカール夫人は手足をしばりつける装置のついた金属の椅子にすわらされた。まず手と足を椅子にくくりつけられた上で、尋問が始まった。各人がまちまちないいかたで質問してきたが、最初は彼女の身元調べで、クンドゥーズの住所や身内のことだった。それから現金の入った箱が前におかれた。協力すれば子どもたちを外国に留学させてやるし、彼女はこの金といっしょに釈放してやるといわれた。パシュトゥーン語を話すソ連人顧問が、夫人とコネクションをもつ人物の名前をひとりでもあげれば、それで十分だといった。

カカール夫人はつぎのように語る。

「わたしはカッとなって、あなたは外国人なんだし、わたしが自分の国でなにをしようととやかくいわれる筋合いはないと答えました。男たちは怒りだし、わたしに襲いかかりました。げんこつで口をなぐられ、ブーツでけられたんです。わたしの髪をいやというほど引っ張りはじめたやつらもいました。口や耳や鼻から血が流れだしました。ひとりがピストルをとりだし、わたしの顔にねらいをさだめていったんです。『五〇数える。それまでに答えなきゃ、お前を撃ち殺す』。男が数えはじめると、他のやつらが質問を浴びせます。『お前の団のリーダーは誰なんだ』というのです。わたしは有名なひとたちを何人か知っていると答えました。タラキとかアミンとか。そこにいた三つのグループのなかから、誰かがすっとんできたかと思うと、電気棒でわたしをたたきはじめました。打たれるたびに電気がはしり、ものすごい痛さでした。しばらく気を失ってしまいました。ふっと気がつくと、十二月二十七日にはどんな行動を計画していたのだとつめよられました。やつらはなんの証拠ももっていないので、わたしはひとことも答えなかった。ひと晩じゅう、なぐられ尋問されました。朝になると、やつらは雪のなかに穴をほり、わたしを首まで埋めました。最初は寒くて凍えそうでしたが、しばらくすると感覚がなくなり、痛くもなんともなくなりました。夕方になって、また部屋に連れもどされ、パンをひと切れあてがわれたんです。捕まる前、空腹のほうが拷問の苦しみに耐えられると教えられました。それでほんの少ししか口に入れませんでした。尋問は七日間つづきました。この間、わたしを眠らせないために、やつらはこうこうと明かりをつけていたんです。地下室での尋問が始まって四日目の夜、やつらは鋭い針がついた特別装置をもってきました。針を爪の間に押しこみ、ボタンを押したんです。強烈な電気がはしって、爪がはがれだしました（はがれた爪のあとがカカール夫人の両手にいまも残っている）。七日目、わたしを告白させられなかったので、今度は夫と子どもたちを連れてきて、わたしの目の前で拷問するぞと脅しました」

そこからカカール夫人はセダラート（省本部）に移送され特別室に監禁された。ある夜、鎮痛剤が数錠とどけられた。夫人はこの薬はあやしいと思い、隠しておいた。ふたりの女がやってきた。ひとりはヘズベイスラミのメンバー、もうひとりはジャマアテ・イスラミのメンバーだという。夫人はこのふたりを疑い、その話を信用しなかった。ひとりが頭痛を訴えたので、夫人は例の錠剤を与えた。薬をのんだ女はしばらくするとリラックスして陽気になり、ほんとうは自分はKHADの要員だとばらしてしまい、シャツの下から小型のテープレコーダーを取り出して見せた。一ヵ月の尋問の後、夫人は通常の部屋に移された。ソ連人もふくめた尋問者らは、夫人が抵抗運動にかかわっているという告白も引き出せず、またなんの証拠も手に入れることができなかった。セダラートでは夫人はふたりの年長女性に会った。ひとりはパンジシール出身の七〇歳の女性で、ぶどう籠で弾薬を運んでいるところを逮捕された。もうひとりはバグランからきた六〇歳の女性だった。男たちは別の棟に拘留されていた。カカール夫人をはじめとする女囚といっしょに、女や子どもたちも獄中生活を送っていた。東独から西側に逃亡しようとして、東独国境で逮捕された一家が、当局の手でカブール政権に引き渡されたのだった。その後、幼い子どもたちはワタン・ナースリー（ソ連の特別訓練センター）に送られた。ドイツに亡命したふたりの息子たちに、帰ってきておくれとテープに吹きこむよう圧力を受けている年老いた母親もいた。ふたりの息子は指名手配されており、帰国したとたん処刑されるにちがいない。それを知っている母親はテープに吹きこむことを拒否していた。

カカール夫人はさらに、肉体的拷問がひと月つづいた後で心理的拷問が始まったと語った。あるとき、夫人が投獄され、りっぱな女性としての面目を失ったので、離婚するつもりだと伝える夫の手紙を見せられた。また、娘のファウジアが車に轢かれて死んだと聞かされたこともあった。

カカール夫人はこう語る。

「ある日、大きな部屋に連れていかれました。カーテンを指差して、向こうに娘のファウジアがいるというのです。一六歳になるわたしの娘が。紙切れをよこして告白を書けといいます。そこへなぐったり叩いたりする音にまじって泣き声と叫び声がきこえたのです。身体じゅうが緊張して、気を失うのではないかと思いました。真っ暗な洞窟に落下していくような感じで、物音がしだいに遠ざかっていきました。寒気がして震えだし、わけがわからなくなりました。この種の拷問が一週間つづいたのです。囚人たちの間にファウジアはいないかと探しました。ひと月後、若い女性をみかけました。とんでいったのですが、振り返った顔はファウジアじゃなかった。その女性の爪ははがれて黒ずんでいました。神経もすっかりやられていました」。

一年間拘留された後、いかなる書類も告白も手に入らないとわかって、カカール夫人は釈放された。一九八二年五月三日、彼女は自宅にもどった。カライーシャダの小学校で教師の口が見つかった。彼女はクンドゥーズにもどった。そこでジャマアテ・イスラミからきた数人の指揮官と接触するようになった。夫人は一九八四年四月まで抵抗運動の活動をつづけたが、その時点でファルーク・ミアケールという彼女のことをすべて知っている人物がクンドゥーズのKHADの責任者に任命された。抵抗運動の友人たちに助けられて、夫人はその地域から脱出した。カブールへ行き、そこからさらにガズニに行った。ムジャヒディンの援助で国境を越え、夫人は亡命中のアフガン人の仲間に加わった。

Ⅳ　西側の意識の不思議

雪のなかを行軍するムジャヒッド。パキスタン国境の町ジャッジ付近。
（1988.3）

パキスタンを離れると、喧噪が突如静まり返ったような気がした。ペシャワルではひっきりなしにアフガン人に、難民や戦士たちに会っていたし、みんなそれぞれ訴えることがあり、それを暗黙にあるいはきわめて直截に示した。おそろしいほどせっぱつまった要求だった。「西側にいるわたしたちは、世界の各地であなた方のような苦しみをなめている人たちのことを毎日、テレビで見ているのです」と、わたしがいう気になれたとしたらどうだろう。「それはわかっている。でもわたしらはあなた方のために共通の敵と戦っているんじゃないか」という答えが返ってくることはまちがいない。わたしたちがなぜ助けようとしないのか、かれらには理解できない。わたしたちが近視眼的にしかものを見ないので、たえず驚いている。かれらはまた傷ついたプライドをもち、責める気持や懐疑や驚きを抱いたまま沈黙する。なかには家族に食べさせる必要から、施しを乞うところまでいく者もいる——だが、その数は決して多くない。

アフガン人は誇りが高いからだ。要求する者もいる。援助を受けるのは権利だと思っているからだ。かれらはいさめ、理を説く。

しかも、そこで突然、西側の無関心、沈黙にぶつかるのだ。予想していたとしても、衝撃は大きく、つらい。

十一月二十二日付けのザ・タイムズに、六万人のアフガン人がパキスタンに逃げこんでいるという小さな記事が載った。ソ連が作物を壊滅させてしまったためだ（畑は焼きつくされた）。パキスタンはすでに食料や援助の対象となる難民の登録を行っていないので、この六万人の多くは死ぬだろう。これまで流出した難民の多くがすでに死んだし、いまも死につつある。この数行の記事が載っていたのは内側のページだった。アフガニスタンに関する情報はきまって、重要でない二次的な記事向けとされているそのページに載る。

情報が載ること自体、たいへんなことなのだ。二年前、わたしがトロントにいたとき、ウォールストリート・ジャーナルがインタビューを申しこんできた。やってきた若い女性は、わたしが関心をもっていることをなんでもお話し下さいという。こういう新しいやり方を試みるジャーナリストに感心して、わたしはアフガニスタンについて話したいといった。すでに五年間、外の世界からこれといった援助も受けずに、ソ連を相手に戦っている国について話したいと。若い女性の顔にはすでに興味を失った表情がはっきり浮かんでいた。事実上なんの武器もない人びとが、超大国相手に五年間戦っているなどというのはかつてないことなのに、世界はまったくこの戦争に目を向けていないのですよ、とわたしはいった。彼女は即座に、「ベトナムは」とつぶやいた――きっとそういうと思っていた通りに。ベトナム人は武装していたし、装備もあったでしょう。アフガン人の場合一〇〇万人の民間人がソ連に殺されたんですよ。亡命したアフガン人は五〇〇万人もいます――米国の人口の三分の一が侵略者の手を逃れてカナダに行ってしまったようなものです。これを聞くと、この女性はとても信じられないといった。その後インタビューはすでにすっかりおなじみの路線で進んだ。掲載されたものを見ると、アフガニスタンについてはひとことも触れていない。それ以後、ウォールストリート・ジャーナルは、アフガニスタン報道ではわたしたちがいう「ひじょうにいい」新聞になった。だが、この世界にかかわっている人なら誰でも知る通り、イギリスでもアメリカでも無関心が壁となっており、それがあまりに厚くしかも不合理であるため、いったいその理由はなにかと問わずにいられなくなる。

世界には「ほぼ」一〇〇〇万人の難民がいるが、その半分がアフガン人である。アフガン難民の数が新聞の見出しを飾ることは決してないが、「スーダン／エチオピアにこれこれの数の難民」といった見出しは始終目にとびこんでくる。

ある悲劇がニュース価値をもつかどうか、なにで決まるのだろう。アフガニスタンの恐怖が重要ではないとみなされてきたのはなぜなのだろう。こうした質問に答えることから、わたしたちの情報機関を支配している偏見や仮説をかなりの程度説明できるのではないかと、わたしには思われる。

わたしはパキスタンの難民キャンプで見たこと、アフガンの戦士から聞いたことを記事にまとめ、アメリカとヨーロッパの新聞に送ったが、ことごとく掲載をことわられた。ワシントンポスト、タイム、ニューズウィーク、ニューヨーカーすべてが掲載を拒否した。そしてニューヨークタイムズの雑誌部門は、「もっと個人的な」ものを書いてほしいと依頼してきた。送った記事がこの不思議な抑制、勅令にふれない別の主題を扱ったものだったら、きっと掲載されただろうと、わたしは勝手に信じている。

パキスタンから帰国した直後、テレビの「エブリマン」シリーズの番組を見た。そこに出てきたムジャヒディンは、麻薬を与えられ、気がふれた狂信者でしかなく、きれいな処女や美少年と天国にいる喜びを味わう権利があるなどとしゃべりちらしていた（そこからマスコミは、アフガニスタンのホモ戦士というジョークを引き出した）。スパイと疑われた男にかれらがどれほどひどい扱いをするかが大いに強調された。ムジャヒディンは、祖国の解放をめざしてあらゆる手段で戦うゲリラ以外のものになったことなど一度もないし、どんな戦い方をしているかについて、ソ連人のようにウソを並べたりしない。わたしの知り合いでこのテレビ番組をみたさまざまな人たちは、みんな悪い印象をもった。「アフガン人があんな連中なら、ソ連が手綱を引き締めているほうがいいじゃないか」とかれらはいった。アフガン人にたいする反応にとくに、いまだにぬけきれないわたしたちの帝国主義的性質の徴候が表れる。いまではわたしたちが自分で後進的な連中を「文明化」できないので、代用として、ソ連の帝国主義に加担するのだ。わたしは著作権代理人のジョナサン・クルーズ氏に依頼して、問題のテレビ局が別の見方をもつわたしを出演させてくれないかどうか調べてもらった。パキスタンからもどったばかりだし、あの番組は侮辱的とまではいわないが、偏見があると思っていると伝えた。この番組もほかの二番組も、「だめです。アフガニスタンなんて退屈なだけです」とことわってきた。マスコミが、自分でつくりだした態度をいかに背後に隠してしまうか、ここからはっきり見てとれる。あるテーマを退屈として片づける。一貫して内側のページに押しこめておいて、関心を引かないなどというのだ。四つ目の番組がインタビューを構成したいといってきた。ただし、アフガニスタンを単なる手がかりにして、もっと興味のあるテーマに移ることをわたしが了解するという条件で。たぶん、わたしがアパルトヘイトに賛成せず、南部アフリカの情勢を（ほかのみんなと同じように）不満に思っているという新しいニュースで驚かせたいというのだろう。

「エブリマン」の番組は、情報を伝えるという仕事を公正にやろうとするなら、アフガン情勢についてまったく知らない視聴者に説明すべきだったのだ。視聴者が知らない理由は、ひとつにはなにも知らされていないためだし、ひとつにはマスコミの姿勢によって強められている心理的な遮断のためだ。――パキスタン国内に七つの政党があっていずれもアフガニスタンを代表すると主張し、どの政党もイスラムを基盤としながら、立場はまったく異なることを説明すべきだった。どの政党も撮影班をアフガニスタンに連れていくだろうし、ペシャワルでの問題は、自分を信用してくれるグループを見つけることにある。「エブリマン」が選んだ、あるいは選ばされたのは過激な一派だった。別のグループといっしょに行けば、また別の映像が撮れたはずだということを、きちんというべきだったのだ。

ムジャヒディンは、西側の視聴者に三〇分間エキゾチックな体験をさせるために、てまひまかけたり大きなリスクをしょいこんだりしない。かれらが協力するのは、助けを必要としているからだし、わたしたち西側の人間がかれらの体験を見れば、助けずにいられなくなるだろうと、気の毒にも信じて疑わないのだ。かれらに助けが必要だと、なぜひとこともいわないのだろう。飢えに直面しているというのに。ソ連が作物も灌漑設備も破壊しているというのに。暖かい衣料と食料を必死で求めているというのに。いますぐ、必要としているのに。

どれだけの数のムジャヒディンが、一般の人びとが、ソ連の手を逃れているのだろう、まだ国内にいる人たちのうちどれだけの数が、今年の冬から春にかけて死ぬだろう。タイムズかあるいはインディペンデントかガーディアンの裏の目立たないページに、こんな記事が載るのではないだろうか。「この冬から春にかけて飢えで死亡したアフガン人は数万人にのぼると推定される」。そして一面にはアフリカの飢餓が見出しを飾る。

アフリカの飢餓による死亡数はつかみにくい。魅力のある若者ボブ・ゲルドフが、「アフリカでは二二〇〇万人が餓死している」と世界にむかって叫んでいるのに感銘を受けたわたしは、実際の数字はどれくらいかつきとめてみようとした。民間援助機関オクスファムが推薦するピーター・ギルの著書『アフリカの死の年』によると、一九八四〜八五年の飢餓による死者数は、確実に二〇万人に達するという。海外救済専門の担当官らに聞くと、総数は一〇〇万人に達する「かもしれない」という。

この二〇万人かそこらのアフリカ人が、同数のアフガン人よりも大きく新聞の見出しを飾る理由はどこにあるのだろう。

それはどういう理由でか、わたしたちがアフリカにたいして過敏になっているからだ。

ひと月前、ある友人がケント州でアフガン救援のために寄付を集めていたところ、ある女性にこういわれた。「国内のもっと身近なところでやらなきゃならない慈善がありますから」と。エチオピアの飢餓救援には寄付をなさいましたかと聞くと、この女性は「もちろんしましたとも」と答えた。

アフガニスタンの情勢にたいし、いくつかの標準的反応がある。帰国して、こういう判で押したような視野の狭い反応にぶつかるとがっくりしてしまう。

「アフガニスタンはソ連にとってのベトナムでしょう」。ところが、分析してみると、そうではない。同じといえるのは、いずれの場合も「後進国」（あるいは「第三世界」といってもいいが）の人びとが、世界の大国に抵抗してきて、いまも抵抗しているという一点だけだ。ひとつには、ベトナム人はあらゆる種類の兵器をもっていたし、訓練や援助も受けていた。しかも、ベトナム戦争はまったく衆人監視の下で行われた。テレビに映しだされた戦争だった。わたしたちはその進展を、毎晩毎晩、テレビの画面で見ていたのだ。

「ソ連人が生きている人びとを山積みにして、石油をまいてから火をつけたのを知っていますか」と、わたしはたずねる。

思慮分別のある口調で、「ベトナムでアメリカ人がやったと同じですね」という答え。

「ところが、実際にはそうじゃありません。アメリカ人はそこまでやりませんでした」

「ナパーム弾を使いました。同じことじゃないですか」

「そう、それならかまわないですよね」といえる人もいるのかもしれない。

わたしの通う病院でどこへいらしたのですかとたずねた看護婦は、「それはいったいどこにあるんですか」と聞いた。

もうひとり、アイルランド人の女性は、世界の難民の半分がアフガン人だと聞くと、「こうした人たちの困った点は、とにかく子沢山だということですね」といった。

イスラム原理主義者のゲリラ指導者にインタビューしたあるジャーナリストは、ラジオに出て、ある種の態度に賛成しかねたといったうえに、「こうした人たちをなぜ支援しているんでしょう」といった。さらに、軽いユーモアまじりの声で、「ソ連をぶったたくためだと思いますがね」と。

人びとがアフガニスタンを論じるときの声の調子は深い意味をもつことが、聞いているとわかってくる。共通するのはユーモアまじりの軽口で、ラジオなどで聴いている人に、たいした問題じゃありませんよと告げるときに、故意にせよ無意識にせよ、よく使われる。

ふたたびラジオで、国連難民弁務官が、いたるところで難民状況が悪化しているので、四〇〇〇万ポンドが必要だと訴えていた。ふたつの状況が紹介された。二番目がパキスタンにいるアフガン難民のためのある救援計画が縮小されつつあるという報告だった。解説者はいそいで、なにかもっと面白い話にもっていこうとして、気軽な口調でさっさと片づけてしまった……そこで語られているのが、この救援計画が行われなければ死んでしまう人たちのことだなどとは、露ほども考えていないのだ。

わたしがパキスタンを発つとき、ソ連は一定数の部隊を撤退させると大々的に宣伝していた。

すべてのアフガン人をふくめ、パキスタンでは誰でも、これがまた別の巧妙な宣伝であることも、西側がこれにのってしまうにちがいないことも知っていた。専門家がこれはたしかに宣伝だといい、部分的に撤退してもなにも変わらないと分析しているのに、わたしが会う人たちはおしなべて、ソ連の主張を信じたがっているようだった。「だってすでに撤退しつつあるのでしょう。そうじゃない?」

西側が受け入れたがっているソ連のもうひとつのえさがある。捕虜にしたムジャヒディンを見せびらかして、降伏してほんとうによかったと思っている、仲間たちもみんなはやく降伏してほしい、といわせるのだ。同じ戦士が何度も何度も登場させられる。これを見てわたしは、ダートムアのなんとかいう牧羊業者を思い出した。わたしたちロンドンっ子が訪れると、この牧羊主は、うちの羊には政府の補助金が出ているので役人が数をかぞえにくるのだが、やつらがやってくるといつも、同じ羊を三回も四回も見せてまわるのだという話をしてくれた。「ばかなやろうどもはまったく気がつきもしないんだ」

現在、ゴルバチョフはアフガン戦争の早期終結をめざすと主張している。これが何度も新聞の見出しになる。人びとは「アフガン戦争早期終結」という見出しを読み——そこでみんな、「だってゴルバチョフが戦争をやめるといっているでしょう。ちがう?」といいはじめる。実際には、まったくなにも変わっていないのだ。ゴルバチョフの望みは、撤退に同意するまえに、ゲリラへの援助をやめさせることにある。援助といってもたかが知れたものだが。ガーディアンやインディペンデントなどなどの読者は知らないとしても、ゴルバチョフには、そんな見えすいた約束を理由にして、実際に戦っている人びと、ムジャヒディンが戦いをやめるようなことはありえないと、わかっているのだ。わずかな援助の糸が切れたとしても戦いをやめはしないだろうし――最初からやってきたようにこれからもソ連人の武器を奪い取るだろう。昔の南ローデシアでも戦争が終わるまでこうしたことが繰り返された。際限もない交渉の場で、えんえんと話し合いがつづいたが、実際に戦っている人びと、ゲリラ戦士は交渉の場には招かれなかった。西側のジャーナリズムが絶えずムジャヒディンは敗北したと発表していたにもかかわらず、ムジャヒディンはくる年もくる年も戦いつづけていたのであり、その戦いなしには現在の会談も交渉もありえなかったにちがいない。

ゴルバチョフ政権は「アフガン戦争は早期に終結する」と主張するが、これもまた巧妙な宣伝者の巧妙なえさだといえる。

アフガン戦争終結のための交渉の報道で、新たな調子がとくに目立つ。ソ連の合意をはばむ障害のひとつは、わたしたちが聞かされるところによると、ソ連がイスラム原理主義に反感をもっているからだというのだ。ソ連は原理主義に反対なのだという。イランのホメイニ政権とは密接に協力しているし、武器や専門家や顧問や技術や機械を供給している。地位の高いアフガン人たちにいわせれば、イランはソ連の衛星国だ。しかし、ソ連はわたしたちがイスラム原理主義に強い反感と恐怖を抱いていることを知っている。この反感、こうした恐怖にソ連は巧みにつけこんでいる。

なぜわたしたちはこうしたことに、何度も何度ものってしまうのだろう。こりもせずに。その理由はわたしたちの深層心理にある。当り前とされている態度、ほとんど検証されることのない態度に根ざしている。そうした態度をもっとも強固にもっている人たちが、それを検証していないのはたしかだ。

ソ連批判となると、気のりのなさが出てくる。あらゆることが起こり、当の場所についての情報をすべて得たあとでも、一種の抑制がつきまとい、ソ連はこれを巧みに操作するのだ。

この問題を提起すればかならず「反動的」という非難を浴びることになる――わたしたちの反応はそこまで分極化してしまったのであり、わたしは提起しようと考えただけで一種の絶望感におそわれる。さまざまな態度がくもの巣状に入り組み、あるいはスペクトルをなしている。一方の極には、現在オーストラリアで進行中の裁判がある。イギリスの上層部に何人のソ連のスパイがいるかについて、わたしたち市民が正確にどこまで知らされるべきかが争われているのだ。奇異な昔風のいいかたをすれば、どれほどの裏切りが行われているかということになる。他方の極には、まさにこの気乗り薄、つまり何事であれソ連を批判するのは気がすすまない、さっさと許してしまうという態度がある。そこで、もしソ連が、チェルノブイリで放射能もれを起こし、自国の海や川そして土を汚染し、さらに今後市民の間に誰にも予想のつかない死者を出すことが予想され、全ヨーロッパの作物と土を汚染し、長期的にどのような結果になるかいまもわからないとなると、わたしたちはただちに、チェルノブイリとスリーマイル島とを同列の事故として読んだり聞いたりすることになる――スリーマイル島はひとりも殺さなかったし、食物や動物、土の汚染も起こさなかったのに。ということは、もしソ連が民間機を撃墜して、乗客全員を犠牲にしたとすると、それはただちにどうにかして米国の過ちだと証明され、その事故はあっという間にソ連と米国の対等の過失として、人びとの心につきささってしまうことを意味する。実際、証拠から見て米国にはなんの過失もなかったらしいと判明する。だが、そうであろうとなかろうと同じことなのだ。そうだと考える必要があるのだから。

ニカラグアにたいする米国の政策については（わたしの意見では間違った政策だ）、あらゆる人たちが声をかぎりに容赦なく批判し、やむことなく罵倒を浴びせている――だが、アフガニスタンにたいするソ連の政策については、大目に見られ穏和な態度が示される。

こうした入り組んだ態度は、心理学者のかっこうの材料となっているし、将来、歴史家を魅了してやまないにちがいない。

この時代でもっとも残酷でシニカルな政権を、ヒューマニストや人道主義者や民主主義者を自称する人びとがいったいなぜ、これほど賞賛し、大目に見たのだろうと、後の歴史家は問うにちがいない。しかも、そのまぎれもない本質が完全に白日の下にさらされてかなりたっても、その態度が変わらなかったのはなぜかと。

わたしたちにも学べるヒント、示唆がたぶんあるだろう。

たとえば、最近あるソ連人がテレビで語ったところでは、ソビエト政権がヒトラーの一〇倍もの人間を殺害したという趣旨のある評論家の発言が、「われわれソ連人の感情を害するという理由で」検閲された。わたしの世代の人間なら、このことから第二〇回党大会でのフルシチョフ演説（スターリン批判）に直面した党のある女性機関員のことばを思い出すにちがいない。彼女はそんな演説はけっしてされるべきではなかったと思っていた。「わたしたちにとってちっともけっこうなことじゃないじゃないですか」

そう、たしかに、（どのくらいの期間かはともかく）ソ連といっしょに「夢」を追ったわたしたちの誰にとっても、けっこうな話ではなかった。

それほど大勢を殺したなんて……何人殺したのだろう。

まったく、あの概算ときたら！　「概算では……」

ソ連における農民の強制的な集産主義化のなかで、故意に殺された人びとは七〇〇万人なのかそれとも九〇〇万人だろうか。かれらはスターリンによって殺された。「スターリンが殺したのは……」と書かれると、まるでかれが自分の手でひとりでやったようだ。だが、数十万の献身的な共産党員の熱心かつ能率的な協力の下で行われたのだ。

先の戦争で死んだソ連兵は二〇〇〇万ではなく八〇〇万だったらしい——スターリン自身がそういっている。現在二〇〇〇万といわれているなかには（西側もソ連の手本にならってこの数字を引用するが）、強制収容所でスターリンに（党員たちの熱心かつ能率的協力をえて）殺された人びとがすべて含まれている。

こうした数字自体が問題なのだ——（スターリンを信じるとすれば）戦争で死んだ八〇〇万人ではなく、一二〇〇万が殺されたという数字が。ビクター・スブロフ（というのは亡命したあるソ連将校の偽名だが）によれば、ソ連の人口統計学者は、一九五九年に人口が三億一五〇〇万人に達していたはずだというが、国勢調査ではわずか二億九〇〇〇万人となっている。消えた数百万人はどこにいるのかと、スブロフは問う。（かれによれば、ヒトラーが「処刑」した数は概算で二〇〇〇万人だ）。

二〇〇〇万人がどうだというのだろう。この時代に一億だってどうだというのだ。

中国の大躍進の時代には、二〇〇〇万から四〇〇〇万人が死んだと書かれているのを読んだとき、これは統計上の気紛れによる美化にちがいないとわたしは思った。だがその後すぐ、「文化大革命の間に二〇〇〇万から八〇〇〇万人が死んだ」というニュースが届いた。（もちろん、どちらの運動も献身的な同志たちの熱心で熟練した協力の下に行われた）。よくわきまえておいたほうがいいのだが、中国人の数千万人の死にたいするこうした無頓着な態度は、たぶん中国人自身からきているのだろう。毛沢東は北京で約一〇〇万人を前にして、たとえ西側が中国国民の上に原爆をおとし、国民の半分を殺してもかまわないと叫んだ。それでもなお中国人はいくらでも残っていると。その場にいた友人から聞いた話では、群衆はこれに応えてどよめいたという。

統計が殺人者のうぬぼれや統計学者がまとめた数字よりも油断がならない理由は、ほかにもある。わたしは二年前、ウォールストリート・ジャーナルの女性に、パキスタンにいる難民の数は二五〇万人だといったが、これでも割引していたほど、法外な数字が出ていた。すでにその数字は三五〇万人と推測されていたのだ。

今回の旅行で聞いた数字はまちまちで、パキスタンには三五〇万から四五〇万の難民がいるといわれていた。さらに一〇〇万から二〇〇万がイランにいる。イランの難民数のひらきが大きいのは、よくない意味をもっとわたしには思える。無関心よりもひどいこと、おそらくもみ消しが行われているだろう。

アフガニスタンからの亡命者というと、かならずキャンプ生活をおくる人びとが思い浮かぶ。だが、そのほかにもロンドンやパリ、カナダ、アメリカそれにオーストラリアに亡命している人たちがたくさんいる。こうした人たちはほとんど中産階級だ——全住民のなかでも教育のある人たちであり、殺されずにすんだ人たち、アフガニスタンで獄中生活を送らずにすむ人たちだ。こうした難民についてはまったく語られていない。

「二〇〇〇万から八〇〇〇万人が殺された……」と聞いても、正常と受けとることのできる世界では、五〇〇〇万人のアフガン難民などはわざわざ語る価値がないのだろう。それに、アフガンの民間人一〇〇万人がソ連に殺されたって？　この数字はいまや、推定でももっと増えているし、たえず増えつづけている。

カンボジアのクメール・ルージュは二〇〇万人の国民を殺したが、この人びとについても語られていない。当時、誰もかれらのためにデモをやらなかったし、人道主義者は抗議の声をあげず、請願書も回覧しなかった。だがそのとき、かれらは共産主義独裁者によって殺されていたのだ——（若い同志たちの精力的な協力の下に）。そこで、自動的な抑制がはたらいた。これについて触れるのは実際、むしろ悪い趣味だった。

なにが起きたかといえば、ヒトラーのドイツ、一三年間存続したこの時代、つまりごく短期間のヒトラー時代を、現代の悪の原型としてみるように、わたしたちは条件づけられてしまったのだ。たえず神経につきまとうものとしてこれを受け入れてしまった。

一週間に何度か、わたしたちは「誰それはヒトラー以後、もっともひどい虐殺者」という説明を聞いたり読んだりする。こうした思考パターンはスターリンや毛沢東やポルポトやアフガニスタンへの侵略者などを無視してしまう。

おそるべき残虐行為がほかのもっと軽い、あるいはもっとひどい暴虐のシンボルないし即時伝達法となり、結果的にその暴虐が忘れられてしまったのだが、こうしたことはたぶん過去にもしばしばあったのだろう。わたしたちの心はそんなふうに働くようにみえる。六〇〇万人のユダヤ人殺害についての言及のしかたが、どのように変わってきたかを見れば、心の働き方がわかるだろう。最初にそのニュースを知ったときは、「六〇〇万人のユダヤ人がガス室でヒトラーに殺された」とわたしたちはいった。わたしたちの心が六〇〇万という数の法外さをほんとうにはつかみきれないにしろ、少なくともそれはひとつの数、数字であり、人びとを、人間を表している。しかし、いまではテレビ番組のせいでホロコースト（ユダヤ人大虐殺）というキャッチフレーズができている。殺された人びとの人間性はこのスローガンによって減じてしまった。いずれ何人殺されたかも忘れてしまうだろう。わたしたちはすでにヒトラーを現代の悪を表すものとしてしまったために、スターリンに殺されたユダヤ人を忘れてしまった。スターリンが死ぬ前の二、三年の間（その頃「暗黒時代」と呼ばれた時期）に、新たに占領された東欧諸国で、またソ連自体のなかでも、ユダヤ人は組織的に殺された。中世の拷問や中世の殺害方法が、博物館からもちだされて使われたと記録にある。こうしたかわいそうな犠牲者のことは、今日まったく語られない。何人くらいの人がいたのだろう。数十万人か。一〇〇万人か。誰が知るものか！　比較的数が少ないから無視されるのだろうか。どこかにこの人びとの記念碑かなにかがあるとは思えない。

ある殺人形態はほかの形態よりも悪いとわたしたちはみなす。たとえば、七〇〇万から九〇〇万のウクライナ人を主とする農民を、政策の問題として飢餓に追いこみ、故意に殺したことよりも、六〇〇万のユダヤ人殺害のほうが悪いとすべき理由はどこにあるのだろう。もしこういう質問をしたら、——こうした質問をするには無鉄砲さが必要だが——つぎのような答えが返ってくるにちがいない。「なぜならユダヤ人虐殺は、計画的な人種抹殺であり、ガス室を使ったのだから、質的に異なる」と。だが、この「六〇〇万人」というホロコースト自体、単純化されてきたのだ。ヒトラーはやはり人種的理由から、「およそ」一〇〇万人のジプシーも殺した。その多くがガス室に送られた。かれらはジプシーであったがゆえ、そして、ヒトラーが劣等人種だといったために死んだ。こうした人びとのことはまったく語られない。犠牲者によって書かれた本一冊あるわけでもなければ、テレビやラジオの番組も、追悼礼拝も行われない。ヒトラーに殺された「ほぼ」一〇〇万人のジプシーを記念するものはなにもない。（それにヒトラーの党員が協力したことはいうまでもない）。ジプシーなど物の数ではないというヒトラーの見方をわたしたちも共有するのだろうか。もちろん、そんなことはない。この法外な数がさらに大きななにか、もっと大きな数に飲みこまれてしまったにすぎないのだ。しかし、六〇〇万人のユダヤ人がホロコーストだとしたら、一〇〇万人のジプシーはホロコーストの六分の一ではないか。このホロコーストということばは脇において、死者にたいするなんらかの配慮、思いやりを示すことばを使うべきではないだろうか。

ジプシーだけが忘れられたのではない。ヒトラーはドイツおよびドイツが占領した国々で、「およそ」一二〇〇万人を殺したはずだ。ユダヤ人が六〇〇万人、ジプシーが一〇〇万人で、あと五〇〇万人残る。それはいったい誰か。「人種的に劣る」ユダヤ人やジプシーを殺害する前に、すくなからぬドイツ人がヒトラーに抵抗し、そして殺された。ヒトラーのドイツは、ドイツの共産主義者、社会主義者、労働組合員、ふつうのりっぱな人びとを抹殺したのだ。皆殺し収容所でのユダヤ人抹殺があまりに深い傷を残したので、わたしたちはその当時のドイツ人にたいしていかなる人間性も認められなくなっている。しかし、どこかの時点でわたしたちはたしかに、全体をもっと冷静にみつめなおすべきなのだ。ヒトラーに殺された、あと五〇〇万人とは誰なのか。そのうちのどれだけがドイツ人だったのか。最初にヒトラーと戦ったドイツ人たち（そして、当時は誰もヒトラーに勇敢に立ち向かっていなかったのだから、かれらは世界でもっとも孤独を感じ、孤立した人びとだったにちがいない）、このドイツ人たちの数をかぞえ、かれらに名誉をあたえ、その話をついに語るべきときではないだろうか。それができるまでは、わたしたちの中味はますますとぼしくなるしかないだろう。黒か白かの判断、パターン思考、いきすぎた単純化を自分に許してしまうとそうなるように。

わたしたち自身、こうした数百万、数千万といった数や数字や統計の囚人になっている。「数百万人」といった数を、平気で気軽に使えるところに、残忍な行為、残酷さの理由のひとつがあるなどということがありうるだろうか。

本書を執筆している間じゅう、強制収容所で死んだソ連の詩人、オシップ・マンデリシュタームの言葉がわたしの脳裏を去らなかった。

「そして、わたしを殺すのはわたし自身の種族だけ」

一九八六年十一月

訳者あとがき

アジアの西の端にあるアフガニスタンは、わたしたち日本人にとってシルクロードの国という印象が強い。書店にいくとそのことがよくわかる。数え切れないほどのシルクロードに関する本、仏教の源流をたどる歴史のなかでこの国は大きな位置を占めている。

その反面、アフガン戦争について書かれた本や報道は極端に少ない。一九七九年十二月のソ連軍によるアフガニスタン侵攻いらい、報道の中心はもっぱらアフガン難民問題だったのではないだろうか。わたし自身も一九八一年にジンバブエで開かれた世界YWCAの難民に関する協議会に参加したおり、パキスタンの代表が三〇〇万ものアフガン難民の流入の状況を訴えていたことが忘れられない。キリスト教のボランティア団体でも難民キャンプに容易に入れず、とくに女性の難民は悲惨な状況に置かれているという報告だったのに、レッシングのように具体的な救援活動にかかわることはしなかった。

その間にアフガニスタンに侵攻したソ連軍は、八万五〇〇〇人から一五万人に増強され、国境沿いには三万の兵員が防衛に当たるという状況が生まれていた。それはムジャヒディンとよばれる人びとが、頑強な抵抗を続けてきた結果であり、わたしもそれをまったく知らないわけではなかったが、ベトナムやフィリピンの解放闘争ほどの親近感をもてないことは否めない。

十年近い抵抗運動が続く間、アメリカの大統領もソ連の指導者も交代した。日本も含めた西側がモスクワオリンピックをボイコットしたのは、ソ連のアフガン侵攻に抗議したためだったが、ソウルオリンピックでは抗議の声は聞かれない。今年（一九八八年）の春いらい、アフガン和平が大々的に報じられ、ソ連軍撤退のニュースが相次いでいるからだ。

報道によれば、ジュネーブ協定に従って、ソ連は八月十五日までに約一一万五〇〇〇の駐留軍の半数を撤退させ、残りも一九八九年二月までに撤退の予定だという。この和平協定そのものが、米ソ首脳会談という国際政治の大イベントに促されたこと、ムジャヒディン各派はジュネーブ会談に参加を許されていないことを見過ごしてはならない。ソ連はアメリカとパキスタンが反政府ゲリラへの援助を中止すべきだといい、アメリカの側はソ連がカブール政権への援助をやめるべきだと主張してきた。だが、抵抗運動の主役であるムジャヒディンやアフガニスタン国内の民衆の声は、ほとんどまったく伝わってこない。

レッシングのこの本を読んだ後では、大国の利害で左右される和平の欺瞞がはっきりと見えるし、アフガン問題が解決したなどとは、とうていいえないこともわかる。そう思っていた矢先の八月十七日、パキスタンのジアウル・ハク大統領の乗った軍用機が空中爆発したというニュースが入った。武器も食料も乏しいなかで戦っているムジャヒディンや、パキスタン国内で難民生活をおくるアフガニスタン人が国際政治の主役として登場する日が近づいているのかもしれない。

ドリス・レッシングという作家には不思議な魅力がある。年譜を見て一九一九年生まれというので驚いてしまった。翻訳をしているときに、六〇代の女性が書いているとはとても思えなかったからだ。段落も見出しもなしに書き進められた文章は、力強くて勢いがある。それでいて、読んでいて思わずにやっとしてしまうユーモラスな面もある。同時代人だということは、決して世代をさすのではないことがよくわかる。二〇世紀末のただなかにあって、時代を生きるこのような精神に出会うのはうれしい。

イスラムについて知らないとか、ギリシア神話が難しいなどといいながら、いっこうに翻訳のはかどらない訳者をはげまし、ゆきとどいた編集をして下さった晶文社の原浩子さんに心から感謝いたします。

一九八八年八月

著者について

ドリス・レッシング

一九一九年、父親の任地イランに生まれる。五歳のときに家族とともに南ローデシア（現ジンバブエ）に移住、一九四九年にロンドンに渡るまでその地で過ごす。五〇年に処女作『草は歌っている』を発表して以来、『暴力の子供たち』、『黄金のノート』（英雄社）などの話題作を書き、現代イギリスを代表する作家としての地位を固める。他にノンフィクション『なんといったって猫』（晶文社）、SF『生存者の回想』『シカスタ』（草思社）などの作品がある。二〇〇七年、ノーベル文学賞受賞。

訳者について

加地永都子（かぢ・えつこ）

一九四〇年東京生まれ。東京女子大学文理学部卒業。アジア太平洋資料センター理事、季刊『世界から』編集者。訳書―ディーンズ『悲しいけれど必要なこと』、ガイ『女友だち』『男友だち』（晶文社）、ラミス『内なる外国』（時事通信社）『ラディカルな日本国憲法』（共訳、晶文社）ほか。

アフガニスタンの風《かぜ》

一九八八年一〇月二〇日発行
二〇〇七年一〇月二〇日新装版二刷

著者　ドリス・レッシング
訳者　加地永都子
発行者　株式会社晶文社
東京都千代田区外神田二－一－一二
電話〇三－三二五五－四五〇一（代表）・四五〇三（編集）
URL http://www.shobunsha.co.jp
堀内印刷・美行製本
Printed in Japan